Manfried Mertens

Unter dem
Santinihaus

AF237542

Der Autor

Manfried Mertens, geboren in Frankfurt am Main, hat Germanistik und Anglistik studiert. Er ist verheiratet und wohnt in Niedersachsen.

„Unter dem Santinihaus" war im Jahre 2019 sein Debüt. Es folgten „Phoebe, Vera & Frank" (2019), die historische Dokumentation „Der Staatsgefangene" (2020) und der Kriminalroman „Stilles Dangast" (2021).

https://m-mertens.jimdosite.com/

Manfried Mertens

Unter dem Santinihaus

Schratzelgeschichten

BoD – Books on Demand

Bibliografische Information der
Deutschen Nationalbibliothek:
Die Deutsche Nationalbibliothek verzeichnet diese
Publikation in der Deutschen Nationalbibliografie.
Detaillierte bibliografische Daten sind
im Internet über dnb.dnb.de abrufbar.

Zweite, verbesserte Auflage 2021

© 2019 Manfried Mertens
Herstellung und Verlag:
BoD – Books on Demand, Norderstedt

ISBN: 9783754325438

Inhaltsverzeichnis

Vorbemerkung

Die Schratzeln haben mich darum gebeten, dieses Buch zu schreiben. Für sie selbst wäre es ja besser, sie blieben im Verborgenen, aber ein Buch über sich fänden sie auch gut! Also habe ich diese Erzählung mit dem Titel „Unter dem Santinihaus" geschrieben.

Das Dilemma besteht darin, dass sie sowohl unbekannt bleiben, aber auch berühmt werden wollen. Ich muss also großes Fingerspitzengefühl walten lassen.

Der Schutz dieser liebenswerten kleinen Schratzeln, für die ich mich verantwortlich fühle, steht beim Schreiben, aber auch was die Handlung des Buches angeht, im Vordergrund! Deshalb werde ich nicht alle ihrer Geheimnisse verraten.

Auf dem Planeten Schratt

Seit langem ist der Heimatplanet der Schratzeln nicht mehr bewohnbar, ein totes Gebilde, das um eine sterbende Sonne kreist, die zu schwach geworden ist, um noch genügend Licht, Wärme und Energie zu liefern.

Vor rund 12.000 Jahren, zur Blütezeit der Schratzel-Kultur, war das noch anders. Was wäre unser erster Eindruck gewesen, wenn wir Schratt damals hätten besuchen können? Nicht nur die Bewohner selbst, sondern gleichsam alles auf diesem Planeten wäre uns wie eine Verkleinerung im Maßstab 1:2 erschienen, also halb so groß wie gewohnt.

Wie haben die Schratzeln damals gelebt? Uns wären ihre aus Naturmaterialien errichteten Behausungen aufgefallen, harmonisch eingebettet in die Landschaft. Nach etlichen Irrungen und Wirrungen hatten die kleinen Bewohner des Planeten Schratt zu einer Lebensweise gefunden, die sich so weit wie nur möglich im Einklang mit der Natur befand. Sie liebten ihre Gärten und Felder, auch die Tiere, welche mit ihnen jene Welt bevölkerten.

Fast alle Schratzeln ernährten sich damals vegan, die Vegetarier waren in der Minderheit. Fleischgenuss war verpönt, ebenso wie Gewaltanwendung jeder Art. Frauen hatten die Leitung übernommen, weil die Männer in der Vergangenheit immer wieder Streit vom Zaun gebrochen hatten. Wir sollten uns also ein streng pazifistisches Matriarchat vorstellen.

Waffen jeder Art waren strikt verboten, die Chroniken berichten jedoch von illegalen unterirdischen Werkstätten, die von einigen der meist im Bergbau tätigen Schratzelmänner betrieben wurden. Heimlich bewahrten sie die Waffentechnologie, welche von den Frauen geächtet worden war.

Die wichtigsten Ämter im Schratzelreich waren das der Königin, die nicht durch Erbfolge bestimmt, sondern von den stimmberechtigten Frauen gewählt wurde, und das der Priesterin. Letztere wirkte als spirituelle Ratgeberin und Hüterin der Rituale, das Volk und auch die Königin respektierten ihr religiöses Oberhaupt in hohem Maße.

Der Himmel auf dem Planeten Schratt war fast ständig trüb und wolkenverhangen, die Kraft des Sonnenlichts schwächer als bei uns auf der Erde.

Das erklärt, weshalb die lichtempfindlichen Schratzeln in unserer Welt zu einer unterirdischen
Lebensweise übergegangen sind. Für die Bergleute
unter ihnen war das kein großes Problem.

Oberpfälzer Schratzellöcher

Mit dem Wort „Oberpfalz" verbindet nicht jeder eine klare Vorstellung, dabei ist diese Region landschaftlich sehr abwechslungsreich und für die urtümliche Sprache bekannt, die Nicht-Oberpfälzern weitgehend unverständlich bleibt.

In meiner Erzählung „Das Schratzelloch" wird aus diesem Grund auf Dialekt verzichtet, trotzdem hoffe ich, auch wenn das bei Science-Fiction nicht das Hauptanliegen ist, ein wenig Interesse an der Oberpfalz wecken zu können.

Bei einem Schratzelloch handelt es sich um einen sogenannten Erdstall, in welchem der Sage nach die Schratzeln wohnen und den Bauern nachts bei der Hofarbeit helfen.

Der Schauplatz der Geschichte liegt im Landkreis Schwandorf, auf dem Gebiet der Gemeinde Oberviechtach. Johann Andreas Eisenbart (1663-1727), der aus dem gleichnamigen Spottlied bekannte Doktor, findet als einer der bekanntesten Söhne der Gegend natürlich auch seinen Platz in der Handlung.

Damit wird bereits deutlich, dass es sich um eine zu großen Teilen in der Vergangenheit verwurzelte Variante des Science-Fiction Genres handelt. Bahnbrechende Neuerungen im Montanwesen, der Augenheilkunde und auch beim Bierbrauen werden thematisiert.

Unweit der Burgruine Haus Murach wurde zu Anfang des 18. Jahrhunderts das Santinihaus im Stil des Gotik-Barock errichtet. Der Eingang zu dem Schratzelloch befindet sich unter eben diesem Gebäude, das Frank von seinem verstorbenen Onkel Karl (1928-2014), dessen umfangreiche Aufzeichnungen dem Ich-Erzähler wertvolle Informationen liefern, geerbt hat. Der Erdstall unter dem Santinihaus spielt eine entscheidende Rolle und natürlich kommen auch Aliens in dieser Geschichte vor.

Onkel Karl hatte herausgefunden, dass die katholische Kirche geheime Aufzeichnungen besitzt, wonach ein Erdstall (A) und ein weiterer, oft kilometerweit entfernter Erdstall (B) eine Einheit bilden können. Diese Theorie kann man auch nachlesen in dem im Jahre 2014 von dem österreichischen Forscher-Ehepaar Kusch veröffentlichten Buch „Versiegelte Unterwelt".

Außerdem zapfen die Schratzellöcher das Erd-magnetfeld an. Energielinien verbinden die einzel-nen Erdställe, die unter anderem als Energietank-stellen dienen, und bei A dematerialisiert sich Mate-rie, um sich bei B wieder neu zu materialisieren. Die Kirche hielt die an den Eingängen zu den Erd-ställen auftretenden energetischen Entladungen für gefährlich, ja für den Odem des Bösen.

Der Feuerschrack

Es war ein sonniger Wintermorgen und der Neuschnee wurde durch die schräg stehende Sonne zum Leuchten und Glitzern gebracht. Von Oberviechtach kommend sah ich schon von weitem die Burgruine Haus Murach auf einem hohen Felsen thronen.

Besonders der beeindruckende Vierkantturm überragt alles und ermöglicht einen grandiosen Rundblick in die winterliche Märchenlandschaft.

Haus Murach liegt auf dem fast 580 m hohen Hauserner Berg, einem Granitfelsen, und wurde im Jahre 1110 zum ersten Mal erwähnt. Es diente zur Sicherung einer südlichen Nebenstrecke der berühmten Goldenen Straße, des Handelsweges von Nürnberg nach Prag.

Unter Herzog Maximilian I, Kurfürst von Bayern (1573-1651) aus der bayrischen Linie der Wittelsbacher, war die Burg in kurbayerischem Besitz und in Wittelsbacher Hand.

Durch den Westfälischen Frieden von 1648 wurde dies endgültig bestätigt. Die Verwaltung der im Dreißigjährigen Krieg stark beschädigten Festung lag zu der Zeit in der Hand eines herrschaftlichen Beamten, welcher durch seine Hartherzigkeit bei der Bevölkerung in einem schlechten Ruf stand.

Am Abend vor Allerheiligen im Jahre 1648 beobachteten die Menschen im gesamten Ober-viechtacher Gebiet eine Erscheinung, die alte Schriften in Anlehnung an die in der Alchemie übliche Terminologie als Feuerschrack bezeichnen, so beschrieb auch der Mystiker Jacob Böhme (1575-1624) ein solches Phänomen.

In Sichtweite von Haus Murach, an der Stelle, wo heute das Santinihaus steht, sah man einen hellen Blitz, der in die Erde zu fahren schien und alles in einem Umkreis von einhundert Metern verbrannte, ja sogar Sand und Steine zu Glas schmelzen ließ. In der Nacht, als sich dies ereignete, herrschte ruhiges Herbstwetter, es konnte sich also bei dieser Erscheinung auf keinen Fall um ein Gewitter gehandelt haben.

Was war geschehen? In der gleichen Nacht war der unbeliebte Verwaltungsbeamte gestorben und schnell stand für die Einheimischen fest, dass sie Zeugen einer Höllenfahrt waren. Der leibhaftige Teufel fuhr mit der Seele des Burgverwalters in seinen Klauen hinab und genau an dieser Stelle befand sich eine Pforte zur Unterwelt.

Noch Jahre später glaubten die Menschen, im Vorbeigehen den Odem des Bösen zu spüren, der aus der Tiefe zu ihnen emporstieg und es dauerte eine geraume Weile, bis das Grundstück an einen ahnungslosen Fremden verkauft werden konnte, der zu Anfang des 18. Jahrhunderts an dieser Stelle ein stattliches Gebäude errichten ließ.

Künstliche Ernährung

In Sichtweite der Burgruine Haus Murach wurde zu Anfang des 18. Jahrhunderte das Santinihaus errichtet. Mein Onkel Karl hatte dort gewohnt, solange ich mich erinnern kann.

Das denkmalgeschützte Santinihaus in Obermurach ist von dem geheimnisumwitterten böhmischen Baumeister Johann Blasius Santini-Aichel (1677-1723) errichtet worden, der ursprünglich Maler und kein gelernter Architekt war.

Es steht auf den Grundmauern und den Keller-räumen eines wesentlich älteren Gebäudes und ist im Stil des Gotik-Barock, in einer bizarren Mischung aus barocker Opulenz und gotischer Strenge errichtet worden.

Als der einzige Erbe meines Onkels muss ich mich nun um das Santinihaus kümmern. Wenn man sich ihm nähert, fällt als erstes der auf der rechten Seite des Hauses errichtete Rundturm mit dem spitzen Dach auf, der aussieht wie die Wohn- und Wir-kungsstätte eines Zauberers. Wie ich von den Sachverständigen der Denkmalbehörde erfahren konnte, unterliegen sämtliche Maße und Proportionen des Bauwerks einer okkulten Zahlenmystik.

Mein Onkel hatte Zeit seines Lebens als Lokalredakteur in Oberviechtach gearbeitet und lebte bis zum Alter von fünfundachtzig Jahren ganz selbstständig im Santinihaus. Er hatte nie geheiratet und als er schließlich krank und schwach wurde, musste er in ein Pflegeheim gebracht werden. Ich hatte nur wenig Kontakt zu ihm, aber als Neffe und einziger Angehöriger wurde ich vom Amtsgericht Amberg zum gesetzlichen Betreuer bestellt.

Der Alltag im Pflegeheim wirkt oft schockierend auf Außenstehende, doch was der normale Besucher, selbst wenn er eigene Angehörige dort hat, zu sehen bekommt, ist immer noch der schönere und sogar der lustigere Teil vom Ganzen.

Wenn erst hinter verschlossenen Türen die Pflege rund um die Uhr mit Bettlägerigkeit und künstlicher Ernährung einsetzt, der Höhepunkt des Tages darin besteht, dass sich mal ein Auge öffnet und wenn die letzten drei verbliebenen Wörter aus

„ja", „nein" und „mmh" bestehen, dann lässt sich auch keine gute Geschichte mehr darüber schreiben.

„Die Schratzeln haben mich astronautisiert", sagte mein Onkel völlig unerwartet, als ich ihn zum ersten Mal nach dem Beginn der künstlichen Ernährung besuchte. In seiner Patientenverfügung, die ich mit ihm gemeinsam gerade noch rechtzeitig erstellen konnte, bestand er ausdrücklich auf allen nur erdenklichen lebensverlängernden Maßnahmen. Als dann die Nahrungsaufnahme nicht mehr zuverlässig gewährleistet werden konnte und der Gewichtsverlust immer größer wurde, war künstliche Ernährung alternativlos geworden.

Ein Schlauch wurde durch ein Loch in der Bauchdecke eingeführt und ein spezieller Nahrungsbrei direkt in den Magen gepumpt. Als sie meinen Onkel an den Schlauch angeschlossen haben, muss ihm erzählt worden sein, dass es echte Astronautennahrung sei, die nun aus dem Plastikbeutel an einem Gestell über ihm durch den transparenten Schlauch in seinen Magen gelangen sollte. Mit dem Schlauch, dem Gestell, dem Beutel und der Pumpe ähnelte mein lieber Onkel jetzt ein bisschen einem leicht verschrumpelten Astronauten. Das ist nicht böse gemeint, er sah wirklich so aus.

Das war am Anfang der achtzehn Monate, um welche das Leben durch die künstliche Ernährung noch verlängert werden konnte. Ohne diese wäre mein Onkel früher gestorben. Trotz aller Bemühungen verschlechterte sich der Zustand unaufhaltsam. Hatte man ihn am Anfang noch ab und zu mobilisieren und in seinen Rollstuhl setzen können, so bestand schon bald der Höhepunkt des Tages darin, dass er eines seiner Augen öffnete, meist das linke, und die letzten drei verbliebenen Wörter waren „ja", „nein" und „mmh".

Zu meiner Schande muss ich gestehen, dass während der Beisetzung, die in ganz kleinem Rahmen stattfand, mein Hauptgedanke den geheimnisvollen Schratzeln galt, die meinen Onkel angeblich „astronautisiert" haben sollten.

Schratzelwissen

Zu diesen Schratzeln fand ich umfangreiche Aufzeichnungen unter den Hinterlassenschaften
meines Onkels. Gleich auf der ersten Seite hatte er
seine wichtigsten Erkenntnisse und Theorien
zusammengefasst:

„Nach dem Ende der letzten Eiszeit erreichten die
Schratzeln unseren Planeten, nachdem ihr Heimatplanet Schratt unbewohnbar geworden war. Als
lichtempfindliche Spezies und auch wegen ihrer
geringen Körpergröße wählten sie eine subterrane
Lebensweise.

Die Schratzeln sind kleinwüchsige hominide Aliens,
die ab und zu als Wechselbälge auch in Menschen-
familien aufwuchsen. Kreuzungen zwischen Schratzeln und Menschen sind biologisch möglich, aber
in der folgenden Generation unfruchtbar, so dass
es keine dauerhafte Vermischung gegeben hat.

In abgelegenen Regionen wie der heutigen Oberpfalz lebten die Schratzeln bis ins Mittelalter hinein
in enger Gemeinschaft mit den Menschen. Der

opferpfälzische Dialekt weist starke Einflüsse des Schratzischen, der von ihrem Heimatplaneten mitgebrachten Alien-Sprache auf.

Im Landkreis Schwandorf, auf dem Gebiet der Gemeinde Oberviechtach im ehemaligen Langau befindet sich der älteste urkundlich dokumentierte Goldbergbau der Oberpfalz. Montanwesen im Allgemeinen und der Erzbergbau im Besonderen waren eine Domäne der Schratzeln.

Die Schratzeln nahmen auch großen Einfluss auf die Entwicklung des Brauwesens. Ein eindrucksvolles Zeugnis der Übernahme von Schratzelwissen und Schratzeltechnologie findet sich in der Kreisstadt Schwandorf, das Felsenkeller-Labyrinth mit seinen mehr als 130 unterirdischen Räumen, die in erster Linie für das kommunale Bierbrauen gebaut wurden.

Die fortgeschrittene Alien-Technologie der Schratzeln erleichterte der Menschheit den Schritt in die Neuzeit, gleichzeitig trat eine Entfremdung zwischen den unterschiedlichen Lebensformen auf.

Die Philosophie der Aufklärung schließlich leugnete die Existenz der Schratzeln und in erstaunlicher Allianz mit der Kirche wurden die bekannten Eingänge zu deren Wohnstätten mit teils tonnenschweren Felsbrocken verschlossen.

Einige Menschen hielten im Geheimen weiterhin den Kontakt zu den inzwischen als ‚Zwerge‘ in das Reich der Märchen verbannten Schratzeln, allen voran der bekannte Doktor Eisenbart, dessen bahnbrechende medizinische Verdienste auf Schratzelwissen basierten und unter dessen Oberviechtacher Elternhaus sich ein ‚Schratzelloch‘ befand, ein Zugang zu der von den kleinen Aliens bewohnten Unterwelt.

Zur Verschleierung dieses Hintergrundes dichtete 70 Jahre nach dem Tod des Arztes ein Perceo (Zwerg) genannter Göttinger Student und Schratzel-Mensch-Hybride das bis heute bekannte Spottlied: ‚Ich bin der Doktor Eisenbart‘, welches Johann Andreas Eisenbart als vermeintlichen Kurpfuscher verunglimpfte.“

Mein Onkel hatte das Rätsel um die Schratzeln zum größten Teil gelöst und lebte mit ihnen in vertrauter Gemeinschaft. In mir reifte der Entschluss, in seine Fußstapfen treten zu wollen.

Schratzelbräu

In Oberviechtach kehrt man gerne beim Schratzelbräu ein, einem Brauereigasthof mit uralter Tradition. Neben der hervorragenden Qualität des Oberviechtacher Brauwassers sind besondere Herstellungsverfahren seit alters her Garant für die herausragende Qualität vieler Oberpfälzer Biere.

Ein gutes Beispiel liefert das Dekoktionsmaischverfahren, wobei ein Teil der Maische abgetrennt und gekocht wird. Pilsener Urquell, dessen Ursprung nicht weit von der heutigen Oberpfalz entfernt liegt, ist das bekannteste Bier, bei dessen Herstellung Dekoktion eingesetzt wird.

Die beliebteste Zwergensage erzählt von den Heinzelmännchen, die unterschiedliche Arbeiten erledigten, während die Menschen in Köln schliefen.

Zahlreiche Sagen folgen diesem Muster und Zwerge treten als nächtliche Helferlein in Erscheinung. So sollen die Schratzeln, die unter dem Brauereigasthof in Oberviechtach leben, sich besonders während des langwierigen Einmaischverfahrens als hilfreich erwiesen haben.

Die Schratzeln halfen nicht nur beim Brauen, sondern schenkten dem Braumeister ein neuartiges Instrument, das Thermometer. Damit war das kontrollierte Maischen erst möglich. Von den kleinen Aliens lernten die Menschen in der Oberpfalz, durch Dekoktion eine solche Geschmacks- und Qualitätssteigerung zu erreichen, dass ihr Bier allgemein geschätzt und gerühmt wurde.

Das Schratzelbräu war Onkel Karls Stammkneipe. Man konnte den Junggesellen fast jeden Abend dort antreffen, aber niemand hat ihn je in das Gasthaus hineingehen sehen oder war ihm auf dem Weg dorthin begegnet. Dafür gab es einen Grund, denn die Schratzellöcher unter dem Santinihaus und dem Schratzelbräu sind energetisch miteinander verbunden.

Karl hatte von den Schratzeln gelernt, sich im Eingangsbereich des eigenen Schratzelloches zu dematerialisieren, um sich kurz darauf im Schratzelloch unter dem Brauereigasthof wieder zu materialisieren. Eine traumhafte Vorstellung, sich nach Belieben in seine Lieblingskneipe zu teleportieren, das wollte ich auch können.

Doktor Eisenbart

Teleportation war für mich noch ein Wunschtraum, der aber in greifbare Nähe gerückt zu sein schien.

Denn bereits in der ersten Nacht, die ich dort allein verbrachte, glaubte ich tief unten im Keller des Santinihauses einen kleinen Hund bellen zu hören. Dann waren es zwei, später sogar drei Hündchen, deren munteres „Houhou" mir den Schlaf raubte. Hunde?

„Wauwau" müsste es dann aber heißen! Natürlich, dieses auch im Dialekt der Oberpfalz fest verankerte „Houhou" musste zur Sprache der Schratzeln gehören, die vor ihrem Schratzelloch eine kleine Unterhaltung führten.

Kein Wunder, dass sie über so viele Jahrtausende für die meisten Menschen unbemerkt geblieben waren! Man hatte immer an Hunde gedacht, die Tarnung der kleinen Aliens war perfekt.

Ich durfte mir sicher sein, dass die Schratzeln auch nach dem Tod meines Onkels noch immer unter dem Santinihaus lebten und ich früher oder später mit ihnen Bekanntschaft machen, vielleicht sogar Freundschaft schließen würde!

Unbedingt musste ich mehr erfahren! So studierte ich eifrig die Aufzeichnungen meines Onkels, in denen natürlich auch der berühmteste Sohn Oberviechtachs vorkommt:

„Bereits der Vater von Johann Andreas Eisenbart war ein Augen- und Wundarzt.

Unter dem Haus, in dem Johann Andreas Eisenbart am 27. März 1663 das Licht der Welt erblickte, gab es ein Schratzelloch und die Familie Eisenbart pflegte zu dessen Bewohnern einen traditionell guten Kontakt.

Galileo Galilei (1564-1642) und der italienische Mediziner Santorio Santorio (1561-1636) hatten Vorarbeit geleistet auf dem Weg zur Entwicklung des modernen Thermometers, aber erst die Alien-Technologie der kleinen Schratzeln brachte den entscheidenden Durchbruch.

Zuerst profitierten die Bierbrauer davon, weil endlich eine exakte Temperaturführung das Dekoktionsmaischverfahren ermöglichte. Dann hielt der Fortschritt Einzug in der Medizin. Das heutzutage allgemein übliche Fiebermessen war möglich geworden."

Offensichtlich waren die kleinen Aliens sehr zurückhaltend und vorsichtig, wenn es sich um die Weitergabe ihrer fortgeschrittenen Technologie handelte. Das Thermometer aber erschien ihnen wohl als kein zu großes Risiko, für Doktor Eisenbart war es eine wichtige Voraussetzung für Erfolg und Ruhm.

Mich aber interessierte natürlich vor allem die Teleportation. Ob die Schratzeln mir dieses Geheimnis verraten würden?

Die Albrunen

An das allnächtliche Bellen der Schratzeln hatte ich mich schnell gewöhnt. Wenn ich sie rumoren hörte, fühlte ich mich nicht mehr ganz so allein im Santinihaus.

Als ich eines Nachts in dem unheimlichen Gebäude wie so oft keinen Schlaf finden konnte, unternahm ich eine kleine Nachtwanderung rund um den Granitfelsen, auf dem die Ruine von Haus Murach thront. Aus einer der Felsspalten ertönte ein markerschütternder Schrei, laut und gespenstisch genug, um empfindliche Menschen in den Wahnsinn zu treiben. Es war nicht weit entfernt von der Stelle, wo vor langer Zeit der Galgen zu finden war.

Zum Glück bin ich hart im Nehmen und schaute genauer hin. Zwei glühende rote Punkte glaubte ich aus der Tiefe leuchten zu sehen, Augen, die mich anstarrten. Vom Spaziergang zurückgekehrt, blätterte ich sofort in Onkel Karls Notizen, bis ich die passende Textstelle fand:

„Neben den Schratzeln hat sich noch eine weitere unterirdisch lebende Spezies aus dem Weltall die Oberpfalz als Lebensraum ausgesucht. Es sind die

in besonders tiefen Höhlen, Felsspalten und Erd-
gängen beheimateten Albrunen, dunkle Gestalten
mit feurigen Augen, deren weibliche Vertreter
einen gewissen Ruf als Wahrsagerinnen genießen,
während von den männlichen Albrunen nur wenig
bekannt ist. Sie tragen lange Bärte, während die
Frauen ihre wild wuchernden Haare niemals
kämmen.

Das gesamte Erscheinungsbild der fälschlicher-
weise oft als Alrun oder Alraun bezeichneten
Albrunen ähnelt bräunlichen Wurzeln mit men-
schenähnlicher Gestalt, weshalb sie auch als zum
Leben erwachte Wurzeln der Mandragora-Pflanze
angesehen wurden.

Mit germanischen Runen und Albträumen brachte
man sie ebenfalls in Verbindung und ihr Schrei
sollte Geisteskrankheiten verursachen oder gar den
Tod bringen. Manche dieser Annahmen enthalten
ein kleines Körnchen Wahrheit, doch in erster
Linie handelt es sich bei den Albrunen um listige
Aliens und erbitterte Feinde der Schratzeln.

Vor circa 11.000 Jahren lieferten sich die Schratzeln
und die Albrunen gewaltige Weltraumschlachten,
jede der beiden Lebensformen versuchte zu verhin-

dern, dass die andere die Erde erreichte, welche sie als ihren zukünftigen Lebensraum ausgesucht hatten. Der licht- und lebenspendende Stern ihres Sonnensystems, wo beide auf zwei verschiedenen Planeten hochentwickelte Zivilisationen errichtet hatten, war am Ende seines Lebenszyklus angekommen."

An Eulen oder Käuzchen werden die Menschen bei den Schreien der Albrunen oft gedacht haben, so wie die Gespräche der Schratzeln mit Hundegebell verwechselt wurden. Beide konnten versteckt und getarnt die Zeiten überdauern, wobei die Schratzeln eindeutig die freundlichere Spezies sind.

Wie gefährlich die Albrunen für Mensch und Schratzel werden können, würde ich nur zu bald am eigenen Leib erfahren!

Topheles

Ganz allein im Santinihaus fühlte ich mich nicht
richtig wohl, zumal es mir bisher, trotz aller
Bemühungen, immer noch nicht gelungen war,
Kontakt zu meinen Mitbewohnern, den Schratzeln,
aufzunehmen.

So fuhr ich also in die Kreisstadt Schwandorf, um
mich im Tierheim nach einem Hund umzusehen,
der mir nicht nur im Haus, sondern auch auf
meinen Spaziergängen Gesellschaft leisten sollte.

Ein schwarzer Pudel suchte den Kontakt zu mir
und sofort war klar, dass nur dieser und kein anderer in Frage käme. Ein wenig fühlte ich mich wie
Doktor Faustus nach dem Osterspaziergang, als ich
in Begleitung meines neuen Freundes das Santinihaus betrat, sogar die Jahreszeit passte.

Allein mit dem schwarzen Pudel im Studierzimmer
des verstorbenen Onkels Karl spürte ich schon
einen Anflug von Magie, auch wenn ich keinesfalls
mit dem Auftritt eines Mephistopheles rechnete.

Es sind häufig schwarze Hunde, die im Tierheim zurückbleiben, weil viele Menschen sie unheimlich finden. Auf der anderen Seite besagt die Überlieferung, dass nur ein schwarzer Hund es mit den Albrunen aufnehmen könne.

Albrunen, das wusste ich inzwischen ganz sicher, lebten in den Spalten des Granitfelsens unter der Burgruine Haus Murach. Mit Topheles an meiner Seite, diesen Namen hatte ich dem Pudel gegeben, fühlte ich mich sicher vor den schrumpeligen Wurzelwesen. Frank und Tophi, wie die Kurzform des Namens lautete, wir waren ein gutes Team.

Ein böses Zeichen

Die Germanen besaßen keine eigene Schrift. Die wenigen Zeichen, die sie verwendeten und in Stein meißelten, waren Runen, benannt nach ihren Erfindern, den Albrunen, welche die Runen zur Verständigung benutzten.

„Die alle Runen kennen" bedeutete der Name „Albrunen" für die Germanen. Deshalb verehrten sie die weiblichen Albrunen als Weissagerinnen, denn mit Hilfe der Runen ließ sich so manches über die Zukunft erfahren.

Wie einige menschliche Gauner und Verbrecher es auch tun, markieren Albrunen die Häuser, denen sie sich in böser Absicht nähern wollen.

Topheles machte mich darauf aufmerksam, als wir kurz nach Ostern von unserem üblichen Morgenspaziergang zurückkehrten. Etwas schien ihn gewaltig zu stören, es war wohl ein Geruch, den er wahrnahm.

Ich schaute genauer hin und richtig, zwischen der Eingangstür und dem Küchenfenster fand sich auf der Außenwand des Santinihauses ein Zeichen, das vorher nicht dort gewesen war. Ich identifizierte es als germanische Rune und nahm mir vor, deren Bedeutung zu ermitteln.

Im Studierzimmer fiel mein Blick auf eine versteinerte Meeresschnecke, die den Schreibtisch zierte. Vermutlich hatten die Schratzeln sie in den Tiefen der Erde geborgen und meinem Onkel als Geschenk überreicht. Gerade hörte ich wieder ein leises Bellen aus dem Keller, doch als ich die Schnecke an mein Ohr hielt, verstand ich plötzlich ganz deutlich, worüber sich die Schratzeln unterhielten.

Auch sie hatten das Zeichen der Albrunen entdeckt und waren alarmiert. Mit Hilfe der Übersetzungsschnecke konnte ich hören, dass die Schratzeln offenbar fest mit einem bevorstehenden Angriff der Albrunen auf das Santinihaus und das Schratzelloch rechneten. Unbedingt musste ich herausfinden, welche Bedeutung die ominöse Rune eigentlich hatte.

Was ich in der Bibliothek meines verstorbenen Onkels dazu fand, ließ mich mehr als erschaudern. Es handelte sich ursprünglich um das Symbol für Leben, welches hier aber auf den Kopf gestellt worden war und somit die gegenteilige Bedeutung besaß. Nicht nur vermittelte diese Rune eine äußerst negative Botschaft, sondern bereits indem man sie nur betrachtete, war man dem bösen Einfluss ausgesetzt, der von einem solchen Zeichen an der Wand ausging.

Mit diesem Symbol hatten die Alrunen das Santinihaus markiert und es gleichzeitig samt dessen Bewohnern verhext, um bereits vor dem geplanten Angriff größtmöglichen Schaden zu verursachen.

Zum Glück war ich jetzt gewarnt, Tophi sei Dank. Als schwarzer Hund, so kann man es in vielen alten Sagen nachlesen, war er völlig immun gegen den Albrunenzauber und somit der stärkste Verbündete, den ich mir wünschen konnte.

Der Schlupf

Erdställe sind unregelmäßig und in vielfältigen Formen angelegt, jeder einzelne Erdstall ist ein Unikat. Neben Gängen mit Lichtnischen für Kerzen, Fackeln oder Laternen und kleinen Hallen mit aus Erde oder Stein geformten Sitzbänken sind enge Durchschlupflöcher ein immer wieder auftretendes typisches Merkmal.

Auf dem Plan des Schratzellochs, den Onkel Karl gezeichnet hatte, war deutlich zu erkennen, dass der kurze Einstiegsschacht, dessen Öffnung im hintersten Kellerraum des Santinihauses zu sehen war, direkt in eine kleine unterirdische Halle führte, von welcher aus ein Weiterkommen nur möglich war, wenn man sich durch einen engen Schlupf zwängte. Dieser Durchschlupf führte auf eine tiefere Ebene, wo der eigentliche Wohn- und Aufenthaltsbereich der Schratzeln begann.

Bis in die kleine Vorhalle war ich schon einige Male vorgedrungen, ohne dabei auf Schratzeln oder auch nur auf Spuren von deren Anwesenheit zu treffen. Mich jedoch durch den Schlupf zu zwängen, davor hatte ich Angst. Konnte ich denn sicher sein, dass es einen Weg zurück geben würde?

Meine Furcht vor den Albrunen überstieg diese Bedenken jedoch, als die Wurzelwesen eines Nachts mit furchtbarem Geschrei in das Santinihaus eingedrungen waren. Tophi und ich wichen vor dem Dutzend rotäugiger Angreifer zurück und flüchteten in den Keller. Den treuen Hund ließ ich in der Vorhalle des Schratzelloches zurück, während ich mich kurzentschlossen durch den engen Durchschlupf zwängte.

Die Schratzeln hatten mich schon erwartet und einige Fackeln angezündet, damit ich etwas sehen konnte. Eine Gruppe von ihnen hatte sich unterhalb des Schlupfes versammelt. Sie halfen mir beim Abstieg in diese tiefere Ebene des Erdstalls. Sie trugen eine Art Bergmannstracht mit breitkrempigen Hüten.

Mit Hilfe der Übersetzungsschnecke konnte ich ihren Willkommensgruß verstehen. Ich bedankte mich herzlich und versicherte ihnen, dass wir mit gemeinsamer Anstrengung die Albrunen zurückschlagen würden. Die Schratzeln ihrerseits brauchten keine Übersetzungshilfe.

Schwarzer Hund

Erst später konnte ich rekonstruieren, was in der Folge geschah. Die zwölf angreifenden Albrunen hatten vor, in das Schratzelloch einzudringen und uns alle, die Schratzeln und vor allem auch mich, zu vernichten.

Doch mit Topheles, der im unterirdischen Vorraum vor dem Schlupf Wache hielt, hatten sie nicht gerechnet und vor allem, sie konnten ihn nicht sehen! Schwarze Hunde sind für Albrunen unsichtbar, auch diese Information fand ich erst später in Onkel Karls Aufzeichnungen.

Wohl aber hörten die Albrunen den wackeren Tophi, denn er rumorte und knurrte angsteinflößend. Die Angreifer wagten es deshalb nicht, den Vorraum des Erdstalls zu betreten, woraufhin der Hund nun aus dem Schratzelloch herauskam und einen der Feinde in den Arm biss. Sehen konnte dieser nicht, wer oder was ihn verletzt hatte.

Ein unsichtbarer und damit unberechenbarer Gegner war für die Wurzelwesen mehr, als sie verkraften konnten. In heller Panik ergriffen sie die Flucht und vergaßen dabei sogar, Feuer zu legen, um uns auszuräuchern. Das war eigentlich ihr Plan B, wie die umtriebigen Spione der Schratzeln im Vorfeld herausgefunden hatten.

Als die Albrunen die Flucht ergriffen, um sich wieder in ihr Felsenlabyrinth unter der Burgruine Haus Murach zurückzuziehen, konnte ich versuchen, den Durchschlupf in umgekehrter Richtung zu durchqueren. Dabei halfen mir die Schratzeln tatkräftig, indem sie mit aller Macht von unten drückten und schoben.

In dieser Nacht kamen die tapferen und klugen kleinen Aliens mit ihren zierlichen Frauen nach oben ins Santinihaus und bei lauter Musik und kühlen Getränken feierten wir unseren Sieg bis in die Morgenstunden.

Natürlich wurden bei der fröhlichen Feier zahlreiche Flaschen schäumenden Schratzelbräus geleert und immer wieder mussten wir Tophis Lieblingslied spielen, das war „Black Dog" von Led Zeppelin.

Davon bekam er überhaupt nicht genug und wir amüsierten uns köstlich darüber, wie der schwarze Pudel versuchte, mit Robert Plant um die Wette zu singen. Die Schratzeln lachten und tanzten vor Vergnügen, bis das Tageslicht sie wieder verscheuchte.

Erdstallforscher

Oberviechtach befand sich in heller Aufregung. Für den kommenden Montag hatte Prof. Dr. Laurin Ganghuber, der renommierte Erdstallforscher aus München, seinen Besuch angekündigt.

Am Donnerstag um 20:00 Uhr würde er einen Vortrag im Doktor-Eisenbarth-Museum halten und dabei auf den aktuellen Stand der Forschung unter besonderer Berücksichtigung der beiden Schratzellöcher unter dem Santinihaus und dem Schratzelbräu eingehen. Er wollte sie während seines fünftägigen Aufenthaltes aufsuchen und eingehend erforschen.

Ich hatte in die Begehung meines Erdstalls selbstverständlich eingewilligt, ebenso wie auch das Schratzelbräu, wo man sich zudem noch kostenlose Werbung versprach. Bereits am Dienstag um acht Uhr in der Frühe erwartete ich den Erdstallforscher Prof. Dr. Laurin Ganghuber in Begleitung seines Assistenten, der in der Szene weithin als der Schlupf-Toni bekannt ist.

Herr Ganghuber, der auf die Nennung seiner Titel keinen Wert legte, entsprach mit seinem rundlichen, leicht geröteten Gesicht ganz dem Stereotyp eines wohlbestallten und wohlgenährten Münchner Universitätsprofessors vom alten Schlag, während sein Assistent jederzeit problemlos als Karl-Valentin-Double durchging. Dünn wie er war, passte er auch durch den engsten Erdstall-Schlupf, ganz im Gegensatz zu seinem Chef, Professor Ganghuber.

Bald saßen beide bei mir im Arbeitszimmer und wir stimmten bei Kaffee und warmen Zimtschnecken das weitere Vorgehen ab. Anton Valentin, der Assistent des Professors hieß mit Nachnamen tatsächlich so wie der berühmte Komiker, erzählte sogar eine Anekdote:

„Bei der Begehung einer geräumigen Höhle hörte ich plötzlich eine Stimme. ‚Fallnithin‘, sagte sie, worauf ich die fehlerhafte Aussprache meines Namens korrigierte. ‚Fallnithin‘, sprach die Stimme wieder. ‚Valentin‘, wiederholte ich ärgerlich. ‚Fallnithin‘, ein drittes Mal! Diesmal lag ich auf der Nase, bevor ich etwas sagen konnte, denn die unsichtbare Stimme wollte mich einfach nur warnen, das war wohl mein Schutzengel gewesen.“

Mir kam es vor, als ob der berühmte Komiker Karl Valentin als Wiedergänger erschienen wäre. Dessen Anhänger hätten bei der Art von Humor wahrscheinlich sogar lachen können.

Dann wurde das Gespräch aber wieder ernsthaft. Ein neu entwickelter Roboter sollte im Vorfeld unter dem Santinihaus zum Einsatz kommen und möglicherweise eine regelrechte Begehung des Schratzelloches überflüssig machen.

Dank künstlicher Intelligenz sollte das Gerät dazu in der Lage sein, vor Ort autonome Entscheidungen zu treffen. Unter Tage konnte es eine automatische Vermessung des Erdstalls durchführen und sechs Hochleistungskameras lieferten gestochen scharfe Aufnahmen. Selbstverständlich gehörte das selbstständige Sammeln von Bodenproben und die Bergung eventueller Relikte zu seinen Fähigkeiten, auch nahm es genaueste Messungen von Temperatur, Luftfeuchtigkeit und Strahlungen aller Art vor.

Der im Schratzelloch des Santinihauses erstmals zum Einsatz kommende Prototyp hatte die Form und das Bewegungsmuster einer Spinne, eines leicht unheimlich wirkenden Arachnoiden aus Metall.

Teleportation

Die Erdstallforschung konnte ein Rätsel bis heute nicht lösen. Nahezu alle unterirdischen Bauten, die man aufgesucht hatte, erwiesen sich als fundleer. Meist sah es so aus, als ob seit der Erbauung niemand mehr die Anlagen betreten hätte. Die Gänge und Kammern wirkten oft ungewöhnlich reinlich und wie frisch geputzt und ausgekehrt.

Herr Professor Ganghuber und sein Assistent, der Schlupf-Toni, fragten sich, ob es unter dem Santinihaus endlich gelingen würde, Funde zu bergen, die Licht in das Geheimnis der Erdställe bringen und Hinweise auf die Erbauer des Schratzellochs liefern könnten. An die Existenz von Schratzeln, ob Aliens oder einfach nur Zwerge, ob lebend oder ausgestorben, glaubte natürlich weder der Professor noch der Assistent.

Das große öffentliche Interesse und die Erforschung des Erdstalls brachte die kleinen Aliens in große Gefahr. Doch sie verfügten über ein probates Mittel, das in Zusammenarbeit mit der Schratzelgruppe, die unter dem Oberviechtacher Brauereigasthof lebte, jede menschliche Hochtechnologie austricksen würde. Selbst der neu entwickelte Spinnenroboter Andrach-Noid 1.0 war hier chancenlos.

Die energetische Verbindung zwischen den Erdställen unter dem Schratzelbräu und dem etwa fünf Kilometer entfernten Santinihaus musste aktiviert werden. Tagelang hatten die Schratzeln an der Kalibrierung gearbeitet, denn einen solchen „Feuerschrack" wie 1648 durfte es auf keinen Fall geben. Die vermeintliche Höllenfahrt des Burgverwalters von Haus Murach war damals nichts anderes als eine Entladung überschüssiger Energie im Zusammenhang mit einer von den Schratzeln veranstalteten Massen-Teleportation.

Doch dieses Mal war die Vorbereitung perfekt. Bis zum Dienstagmorgen waren alle Gänge, Kammern und Schlupfe des Erdstalls penibel ausgeräumt, geputzt und ausgefegt. Alle Schratzeln, Schratzelfrauen und Schratzelkinder hatten sich mit ihrem Hab und Gut in der unterirdischen Vorhalle des Schratzelloches versammelt. Pünktlich um sechs Uhr in der Frühe konnte die Teleportation initiiert werden. Nicht nur die Schratzeln selbst, sondern auch alle Gegenstände, die sie besaßen, wurden auf einen Schlag dematerialisiert. Für einen kurzen Moment gab es nichts als reine Energie.

Doch schnell materialisierten sie sich alle wieder bei ihren Gastgebern im Erdstall unter dem Schratzelbräu. Dort war die Freude groß und voller Erleichterung umarmten die Gefährten einander.

Lange Gesichter

Halb elf war es schließlich geworden an jenem Dienstagmorgen, als Professor Ganghuber und der Schlupf-Toni mit ihrem Roboter im Keller des Santinihauses endlich startbereit waren. Mit Hilfe einer dafür eigens entwickelten App steuerte Anton Valentin den Arach-Noid 1.0 in das Schratzelloch hinein.

Auf sechs Bildschirme wurden die Bilder der hochauflösenden Kameras in Echtzeit übertragen, aber in der Vorhalle sah man schon einmal nichts, abgesehen von dem Schlupf-Loch. Auf diesen Durchschlupf wurde der Forschungsroboter ausgerichtet, dann schaltete der Schlupf-Toni die Steuerung auf „autonom". Gespannt warteten die Forscher darauf, was die nächsttiefere Ebene zu bieten hatte.

Obwohl man nun den eigentlichen Wohn- und Arbeitsbereich der Schratzeln erreicht hatte, zeigten die Kamerabilder nur leere Kammern und Gänge, sauber und wie frisch ausgekehrt. Ganghuber und der Toni konnten ja nicht wissen, dass die Schratzeln tatsächlich alles säuberlich geputzt und gefegt hatten.

Der Arach-Noid 1.0 arbeitete sich selbstständig Kammer für Kammer, Gang für Gang und Schlupf für Schlupf immer weiter und tiefer voran, ohne auf Nennenswertes zu treffen, von den üblichen Lichtnischen, die sich seitlich in den Wänden befanden, und den kleinen Sitzbänken einmal abgesehen. Der tiefste und abschließende Raum des Schratzelloches war eine runde Kammer mit kuppelförmiger Decke und umlaufenden Sitzgelegenheiten, wie geschaffen für kultische Handlungen oder politische Versammlungen.

Wer sich dort aber jemals eingefunden haben könnte, blieb den Forschern ein Rätsel, lange Gesichter also bei Ganghuber und Valentin. Ich munterte sie mit einer heißen Tasse Kaffee wieder ein wenig auf und zeigte ihnen einige der alten Bücher aus der Bibliothek meines verstorbenen Onkels Karl. Sie überreichten mir zum Abschied noch die Visitenkarte eines Experten für barocke Architektur, der eine Habilitation über Santini-Aichel plante. Das Santinihaus würde in nächster Zeit also wieder Besuch aus München bekommen.

Nun setzten die Forscher aus der Hauptstadt des Freistaats ihre ganze Hoffnung auf den unter dem Schratzelbräu befindlichen Erdstall. Am Donnerstag wollten sie diesen in Angriff nehmen.

Der Forschungsbericht

Der wissenschaftliche Vortrag, der schließlich am Freitagabend im Oberviechtacher Doktor-Eisenbarth-Museum gehalten wurde, schien meine Hoffnung zu bestätigen, dass die Schratzeln durch umsichtige Reinigung ihrer Wohnstätten und rechtzeitige Teleportation einer Entdeckung entgehen konnten.

Doch die Herren Ganghuber und Valentin haben mir acht Tage später eine Kopie ihres Forschungsberichts zukommen lassen, aus der ich hier nur den ersten Teil vorstellen möchte, um deutlich zu machen, dass trotz aller Vorsicht und Geschicklichkeit seitens der Schratzeln weiterhin Anlass zu begründeter Sorge bestand:

Prof. Dr. Laurin Ganghuber,
Anton Valentin, MA

Erdställe in Oberviechtach

Institut für Erdstallforschung, München

Zusammenfassung

Forschungsobjekte waren die Erdställe unter dem Santinihaus und dem Schratzelbräu in Oberviechtach. Ziel der Untersuchung war deren exakte Vermessung und die Sicherung eventuell vorzufindender Relikte.

Hinsichtlich der Methodik ist der Einsatz des als Prototyp bereitgestellten Forschungsroboters Arach-Noid 1.0 erwähnenswert, der sowohl über eine eigens entwickelte App gesteuert werden kann wie auch - dank künstlicher Intelligenz - autonom unter Tage agiert.

Vorläufige Forschungsergebnisse: Der Erdstall unter dem Santinihaus in unmittelbarer Nachbarschaft der Burgruine Haus Murach erwies sich als fundleer. Die typischen Lichtnischen und Sitzbänke wurden dokumentiert, ebenso auch sämtliche Gänge, Schlupfe und Kammern, wobei die runde Halle mit kuppelförmiger Decke am äußersten Ende des Erdstalls besondere Beachtung verdient. Der Erdstall unter dem Schratzelbräu ähnelt in Form, Größe und Ausstattung stark demjenigen unter dem Santinihaus. Allerdings konnte durch Arach-Noid 1.0 ein bemerkenswerter Fund geborgen werden. Es handelt sich um einen Knopf aus einem Material, das nicht bestimmt werden konnte, möglicherweise ein bisher unbekanntes Metall. Er wurde zur genaueren Untersuchung an unser auf Relikte spezialisiertes Labor nach München übersandt.

Ich machte mir nun große Sorgen, denn einer der Schratzeln musste einen Knopf seiner Bergmannstracht in einem der Gänge verloren haben. Der aus einem Metall außerirdischen Ursprungs bestehende Knopf wurde nicht teleportiert, als sich am Morgen

des Donnerstags alle Oberviechtacher Erdstallbe-
wohner in das Schratzelloch unter dem Santinihaus
begeben hatten.

Johann Blasius Santini-Aichel

Vorläufig konnten die Schratzeln und ich nichts weiter tun, als abzuwarten. Mit Hilfe von Fachliteratur und Internet-Recherche bereitete ich mich auf den angekündigten Besuch des Barock-Experten vor, der sich über den böhmischen Baumeister Santini-Aichel, welcher das Santinihaus entworfen hatte, habilitieren wollte.

Außerdem wurde ich jetzt endlich in das Geheimnis der Teleportation eingeweiht. Den Weg zum Schratzelbräu musste ich nun nicht mehr zu Fuß oder mit dem Fahrrad zurücklegen, sondern von Schratzelloch zu Schratzelloch dauerte es für mich nur noch den Bruchteil einer Sekunde.

Vor der ersten Dematerialisierung hatte ich allerdings gehörigen Respekt, doch man gewöhnt sich an alles. Trotzdem ist es immer wieder ein schönes Gefühl, wenn man im Brauereigasthof vollständig zusammengesetzt und mit allen Teilen an der richtigen Stelle materialisiert wird. Im Schratzelbräu wunderte sich übrigens niemand, man kannte das ja schließlich schon von Onkel Karl, dessen legitimer Erbe ich war.

Dr. Balthasar Altmann sollte in mir einen Gesprächspartner auf Augenhöhe antreffen, das war mein Ehrgeiz. Johann Blasius Santini-Aichel wurde 1677 in Prag geboren und hatte italienische Vorfahren. Er starb im Jahre 1723 im Alter von nur 46 Jahren und hinterließ einige unvollendete Bauten.

Das im frühen 18. Jahrhundert unterhalb von Haus Murach errichtete Santinihaus war eine Auftragsarbeit. Der nach seinen Wanderjahren wieder in Prag seßhaft gewordene Baumeister hatte es entworfen und die Ausführung einem seiner Gehilfen übertragen. Santini-Aichel soll nur ein einziges Mal persönlich in Oberviechtach gewesen sein, um das vollendete Gebäude zu begutachten.

Die auf der Zelená Hora genannten Bergkuppe über Žd'ár nad Sázavou in den Jahren 1719-1722 erbaute Wallfahrtskirche des heiligen Nepomuk gilt nicht nur als das spektakulärste Bauwerk Santini-Aichels, sondern ist eine der merkwürdigsten Kirchen der Welt. Umgeben von einem Kreuzgang in Form eines zehnzackigen Sterns erhebt sich das Kirchengebäude als fünfzackiger Stern mit einer hoch aufragenden Spitze.

Der Baumeister arbeitete ausschließlich mit dem Zirkel und benutzte nie ein Lineal. Die von ihm verwendeten Maße haben meist eine mystische Bedeutung, die man heute oft nur noch ansatzweise nachvollziehen kann. Ovale Wendeltreppen, eine davon findet sich auch im Santinihaus, waren eine weitere Spezialität Santini-Aichels, dessen Konstruktionen sich oft als optische Täuschung präsentieren.

Ich hoffte, mit Hilfe meiner Recherchen selbstbewusst als Santini-Kenner und adäquater Gesprächspartner auftreten zu können, wenn Herr Dr. Balthasar Altmann eintreffen würde.

Gloewr

Bis jetzt ist von den Schratzeln immer nur als Kollektiv die Rede gewesen, obwohl es sich bei diesen kleinwüchsigen Aliens um durchaus bemerkenswerte Individuen handelt. Es ist jedoch nicht einfach, einen einzelnen Schratzel näher kennenzulernen. Sie treten meist nur in Gruppen auf und tragen einheitliche Kleidung.

Wie bereits bekannt, handelt es sich dabei um eine Bergmannstracht mit schönen Zierknöpfen aus Metall. Den Kopf der männlichen Schratzeln ziert stets ein breitkrempiger Hut. Unter Tage bietet dieser einen gewissen Schutz und spendet an der Erdoberfläche den gegen Sonnenlicht empfindlichen Gesellen ein wenig Schatten.

Zum Glück hatte ich die Übersetzungsschnecke an meinem Ohr, als sich einer von ihnen mir vorstellte: „Hallo, mein Name ist Gloewr, auf deutsch Bergmann – und das ist ja auch meine Hauptarbeit."

„Es freut mich, dich kennenzulernen. Mein Name ist Frank und ich bin Privatier. Ich tue nur das, was mir Spaß macht und mich interessiert."

Gloewr antwortete: „Da sind wir gar nicht so verschieden. Meine Leidenschaft ist der Goldbergbau. In Oberviechtach bieten sich hervorragende Voraussetzungen. Das ist auch der Grund, weshalb wir Schratzeln uns schon vor vielen Generationen hier angesiedelt haben."

Zum Glück bin ich in materieller Hinsicht gut versorgt, sonst hätte das Wort „Gold" womöglich Begehrlichkeiten wecken können, obwohl Gier nicht zu meinen Charaktereigenschaften zählt. Ich machte mir aber Gedanken darüber, ob nicht in der Vergangenheit durch das Gold Probleme zwischen Menschen und Schratzeln entstanden sein könnten, befindet sich doch auf dem Gebiet der Gemeinde Oberviechtach der älteste urkundlich dokumentierte Goldbergbau der Oberpfalz.

Voll Eifer und mit großer Begeisterung erzählte mein neuer Bekannter von reichen Adern des Edelmetalls tief unter dem Santinihaus, die er persönlich entdeckt hatte. Der kleine Goldschürfer Gloewr und ich, wir verstanden uns auf Anhieb und somit hatte ich einen ersten Freund unter den Schratzeln gewonnen. Er zeigte mir, wie ich ihn mit Hilfe der Übersetzungsschnecke jederzeit anrufen konnte. Auch er konnte sich bei mir auf diese Art melden.

Feng-Shui

Von Herrn Dr. Altmann erhielt ich einen merkwürdigen Brief, mit dem er seinen Besuch im Santinihaus ankündigte. Ob mir der 21. April recht wäre?

Natürlich passte mir das, war ich doch selber neugierig darauf, mehr über die Geheimnisse des Hauses zu erfahren, welches ich geerbt hatte.

Einigermaßen erstaunt war ich allerdings, als der Wissenschaftler in seinem Schreiben die Bitte vorbrachte, dass ich im Vorfeld das Santinihaus schon einmal auf dessen Feng-Shui-Kompatibilität überprüfen möge. Er habe im Zusammenhang mit dem Schaffen Santini-Aichels eine diesbezügliche Hypothese.

Für Feng Shui hatte ich mich noch nie interessiert. Umso erstaunter war ich, als ich feststellte, dass alle Merkmale des Santinihauses ausnahmslos mit den Prinzipien jener daoistischen Harmonielehre übereinstimmten. Altmanns Hypothese hatte offensichtlich Hand und Fuß.

Wie war das möglich? Feng Shui bezieht sich auf Energie, das Qi, die unsichtbare Lebensenergie. Das Schratzelloch befand sich direkt über einer Energiequelle, welche das Erdmagnetfeld anzapfte. Alles an der Architektur des Santinihauses war darauf ausgerichtet, Qi zu sammeln und zu bewahren. Zugleich sollte alles Negative abgewehrt werden. Sämtliche Zahlenverhältnisse, die dem Bau zugrunde lagen, basierten auf okkultem Wissen zur Abwehr von Schadenzauber.

Es ist nicht übertrieben, in diesem Zusammenhang von einem Kraftort zu sprechen. Santini-Aichel muss das gewusst haben, aber woher? Stand er womöglich mit den Schratzeln in Kontakt und hatte von ihnen gelernt?

Nicht nur Onkel Karl und ich, sondern auch der Brauer Korbinian, der das Dekoktions-Maischverfahren begründete, Doktor Eisenbart mit seinem Fieberthermometer und der Baumeister Johann Blasius Santini-Aichel konnten auf Schratzelwissen zurückgreifen, nein, offensichtlich ebenso die alten chinesischen Meister und Lehrer des Daoismus wie Laozi und Zhuangzi.

Fragt man nach der Bedeutung von „Hou hou" im Chinesischen, so findet man die Bedeutungen „dick", „Affe", „warten" und „hinter", auch tragen viele Gaststätten den Namen „Hou Hou Restaurant". Wie im Oberpfälzischen kann „Hou hou" auch in China alles Mögliche bedeuten, auch dort tritt eindeutig der Einfluss des Schratzischen zutage wie bei den „Houhouhou" rufenden Oberviechtachern.

Ich musste Gloewr bei passender Gelegenheit fragen, ob es tatsächlich wahr sei, dass Aliens vom Planeten Schratt auch im fernen Reich der Mitte seit Jahrtausenden eine verborgene Existenz führten und die Menschen dort mit Wissen und Technologie versorgten.

Alles in allem zog sich die Schlinge um meine Freunde, die Schratzeln, immer mehr zusammen. Ganghuber würde nicht ruhen, bis er die Frage nach dem Ursprung des extraterrestrischen Metalls, aus dem der Zierknopf an der Schratzeltracht bestand, beantwortet haben würde und Dr. Altmann war auf der Suche nach dem gemeinsamen Nenner für Feng Shui und Santini-Aichels Gotik-Barock. Fatalerweise wohnte die Antwort auf diese beiden Rätsel direkt unter meinem Haus.

Der Landeplatz

Es war der 21. April und pünktlich um 9:30 Uhr wurde an der Tür des Santinihauses geklingelt. Vor mir stand der Habilitand Dr. Balthasar Altmann und strahlte mich an. Enthuiasmus sprühte aus seinen funkelnden blauen Augen, mit denen er mich kritisch, aber wohlwollend fixierte. Ein fester Händedruck unter Männern wirkte sofort vertrauensbildend und ich bat den Besucher in das Studierzimmer.

Mit meinen Feng-Shui-Überprüfungen hatte ich dem Forscher fleißig zugearbeitet und wir gerieten ins Fachsimpeln. Am erstaunlichsten war, was Altmann über die Wallfahrtskirche des heiligen Nepomuk zu sagen wusste.

Diese war an einem Kraftort errichtet worden und die Spitze des fünfzackigen Kirchengebäudes bildete das Zentrum der gesamten Anlage. Ein Raumschiff könnte hier wie über einen Tankstutzen mit Energie versorgt werden. Der zehnzackige Stern mit entsprechend vielen Auflagepunkten würde eine sichere Landung ermöglichen, Außerirdische hätten einen perfekten Weltraumbahnhof.

Weshalb hatte Santini-Aichel in den Jahren 1719-1722 eine solche Anlage gebaut? Seit 1994 zählt sie zum UNESCO-Welterbe, natürlich als Wallfahrtskirche gelistet und nicht als Schratzelflughafen.

Für mich galt es als bewiesen, dass der böhmische Baumeister zu den wenigen Schratzel-Vertrauten gehörte, welche die Geschichte der gesamten Menschheit in mancherlei Hinsicht entscheidend beeinflusst hatten.

Wer die freundlichen Schratzeln einmal kennengelernt hatte, musste sie einfach liebgewinnen. Laozi und Zhuangzi war es ebenso ergangen wie Doktor Eisenbart, dem Braumeister Korbinian, meinem Onkel Karl, mir und nicht zuletzt Johann Blasius Santini-Aichel. Seine rätselhaften, im Gotik-Barock gestalteten Bauwerke waren ganz auf die Wünsche und Bedürfnisse der kleinen Aliens ausgerichtet.

Dr. Balthasar Altmann, der seit seiner Dissertation über Balthasar Neumann in der Fachwelt eine ausgezeichnete Reputation als Barock-Experte genoss, war sich im Klaren darüber, dass er diese mit der Veröffentlichung seiner jüngsten Hypothesen aufs Spiel setzen würde.

Als Wissenschaftler fühlte er sich jedoch der Wahrheit verpflichtet und alles deutete darauf hin, dass Außerirdische sowohl in der Oberpfalz und in Böhmen sowie auch im fernen China zumindest Spuren hinterlassen hatten oder womöglich dort immer noch im Verborgenen als Lebensform existierten.

Ich wusste, dass der Forscher mit seiner Vermutung richtig lag, umso mehr musste ich die Schratzeln schützen. Einen schönen Gruß vom Erdstallforscher Ganghuber sollte mir Altmann noch ausrichten. Der hatte ihn gebeten, auf Hinweise zum Ursprung des Metalls zu achten, aus dem der im Schratzelbräu-Erdstall gefundene Zierknopf bestand.

Für Herrn Dr. Balthasar Altmann war der außerirdische Ursprung des Materials ein weiterer Puzzlestein für sein wissenschaftliches Mosaik und so drehte sich die Schraube immer weiter. Für die Schratzeln drohte es sehr eng zu werden und der abgrundtief böse Mallacht mit seinen Albrunen würde sich diebisch ins Fäustchen lachen, wenn er davon Kenntnis hätte.

Zoigl und Regula

An diesem Abend bevölkerten den Schankraum des Schratzelbräu viele ältere und auch einige sehr alte Männer. Ausnahmsweise kam ich mal zur Wirtshaustür hinein und nicht direkt aus dem Schratzelloch, wohin ich mich normalerweise teleportiert hätte.

In Begleitung des sportlich-schlanken Dr. Altmann, dessen blaue Augen schelmisch unter dem strohblonden Haarschopf hervorblitzten, musste ich natürlich wie jeder andere den normalen Weg wählen. Vom in der Mitte des Raumes befindlichen Stammtisch dröhnte uns ein neugieriges Houhouhou entgegen und schnell tauchten wir ein in die Oberpfälzer Gemütlichkeit.

Nach seiner gründlichen und anstrengenden Vermessung des Santinihauses von innen und außen hatte sich Altmann einen erholsamen Abend verdient. Ich muss jedoch gestehen, dass ich mich als zurückgezogen lebender Junggeselle nicht ganz wohl fühlte. Wie würden die gestandenen Oberviechtacher Mannsbilder reagieren, wenn sie mich in Begleitung eines dermaßen attraktiven Mitdreißigers sahen?

Das Zoigl, dieses nicht filtrierte und ungespundete untergärige Kellerbier, gab es im Schratzelbräu direkt vom Fass. An die Tische gebracht wurde es von Regula Würschinger, der Tochter des Küchenchefs. Sie hatte für jeden ein nettes Wort und behandelte die alten Stammgäste, überwiegend wenig ansehnliche Originale, mit einer von Herzen kommenden Freundlichkeit.

Als Regula uns nach unseren Wünschen fragte, entfaltete sich ein bezauberndes Lächeln auf ihrem außerordentlich hübschen Gesicht und mit dem Augenaufschlag gingen zwei kleine grüne Sonnen auf, wobei eine leichte Röte über ihre Wangen huschte.

Während ich zwei Maß Zoigl bestellte, verlor Balthasar sein Herz an Regula. Dass die Oberpfalz solche Überraschungen zu bieten hatte, so etwas hätte Dr. Altmann niemals vermutet.

In Regensburg studierte die Tochter des Kochs Klassische Archäologie und half nur in den Semesterferien oder wenn sie mal zwischendurch für ein paar Tage in Oberviechtach war im Schratzelbräu aus.

Natürlich bemerkten die anderen Gäste im Wirts-
haus das Interesse meines Begleiters am anderen
Geschlecht und ich war erleichtert, nicht in einen
Verdacht zu geraten, der jeder Grundlage entbehrt
hätte.

Herrn Dr. Balthasar Altmann würde ich nun häufiger sehen, denn neben dem Santinihaus hatte er
einen weiteren Grund gefunden, seine Schritte nach
Oberviechtach zu lenken, die schöne Zoiglfee
Regula Würschinger.

Das Mutterschiff

Unweit von Sirius A befand sich das Schratzel-Mutterschiff in etwa 8,6 Lichtjahren Entfernung von der Erde im Orbit eines namenlosen Planeten. Von dort aus erhielten „meine" Schratzeln in der Nacht von Dienstag auf Mittwoch, während ich mit dem Santini-Experten im Schratzelbräu dem guten Zoigl zusprach und sich Regula und Balthasar ineinander verliebten, eine Anweisung.

Sie sollten eine geeignete Landestelle auskundschaften und eine Betankung des Fluggeräts mit einer ausreichenden Energiemenge vorbereiten. Ein Jahr hätten sie dafür Zeit, wie Gloewr mir am Mittwochnachmittag, nachdem Herr Dr. Altmann wieder abgereist war, aufgeregt anvertraute.

Ob ich mit ihm nach Žd'ár nad Sázavou fahren würde? Dort auf der Zelená Hora genannten Bergkuppe sollten wir die Wallfahrtskirche des heiligen Nepomuk in Augenschein nehmen, welche von Santini-Aichel als Landeplatz und Tankstelle für das Schratzel-Mutterschiff angelegt worden war.

Dieses war als einziges Flugobjekt von der gewaltigen Flotte, die einst vom Planeten Schratt aufgebrochen war, noch übrig. Es war schließlich auch 11.000 Jahre her, dass sie gestartet waren und in den Weltraumschlachten mit den feindlichen Albrunen hatte die Schratzeln, obwohl letzten Endes siegreich, herbe Verluste hinnehmen müssen.

Für Tschechien befand sich ständig eine Jahresvignette an der Windschutzscheibe meines Kombis, das sollte also kein Problem darstellen. Gloewr würde sicherheitshalber unter dem doppelten Boden des Kofferraums mitreisen müssen.

Ansonsten jedoch überforderte mich das gesamte Szenario. Wie sollte das Schratzel-Mutterschiff jemals unbemerkt auf einer katholischen Wallfahrtskirche in Tschechien landen und auftanken können? Auch mit einem Jahr Vorbereitungzeit erschien mir das Vorhaben als undurchführbar, geradezu wahnwitzig.

Regula, die mit Topheles von einem langen Spaziergang zurückkam, unterbrach mich in meinen Gedanken. Sie hatte sich im Laufe des gestrigen Abends als Gassigeherin angeboten. So konnte sie auch Balthasar vor seiner Abreise noch einmal sehen. Von seinem Wissen über die 80 verschiedenen Gebäude, die Santini-Aichel in nur 26 Jahren entworfen hatte, war die Studentin ebenso angetan wie von Altmanns ansprechendem Äußeren.

Als ich beobachten konnte, wie sich Tophi mit der hübschen jungen Frau angefreundet hatte, machte mich das glücklich und die Sorgen um die Schratzeln waren für einen Moment vergessen. Regula würde ich von nun an häufiger sehen, denn sie freute sich schon auf ihren nächsten Spaziergang mit meinem schwarzen Pudel.

Mandra, Gora und Mallacht

Die Tage waren länger geworden und der Frühlingsregen hatte die Flora zu neuem Leben erweckt. Es grünte und blühte rund um das Santinihaus. Die großen Fliederbüsche begannen schon, ihren Duft zu verströmen und sich mit weißen und violetten Blütenrispen zu schmücken.

Wenn es nicht gerade regnete, waren die Abendspaziergänge mit Topheles um diese Jahreszeit das pure Vergnügen. Wie immer führte uns der Weg rund um Haus Murach durch ein kleines Waldstück und an den Felsen vorbei, wo ich in der Nähe des alten Galgenplatzes zum ersten Mal einen Albrunenschrei vernommen und in die rotglühenden Augen einer solchen Höllenkreatur geblickt hatte.

Mit Tophi an meiner Seite gab es jedoch keinerlei Bedenken, hatte dieser doch bei dem Angriff auf Santinihaus und Schratzelloch uns alle retten können. So blieb ich gefasst, als sich im letzten Licht der Abenddämmerung unweit der ehemaligen Hinrichtungsstätte drei seltsame Gestalten zeigten, die meinen Hund und mich offenbar noch nicht bemerkt hatten.

Der Pudel verharrte instinktiv bewegungslos, obwohl er ja für Albrunen, denn um solche handelte es sich, im Dunklen unsichtbar war. Auch ich versuchte im Schutz des Buschwerks so ruhig wie möglich zu bleiben und langsam führte ich die Übersetzungsschnecke an mein Ohr.

Es war nur ein Versuch, aber siehe da, ich verstand, worüber die beiden Albrunenfrauen mit ihren wüst abstehenden, völlig ungekämmten Haaren und der bärtige kleine Wurzelmann, der einige Autorität zu besitzen schien, miteinander sprachen.

„Wo sind nur die schönen Zeiten hin, als hier das Blut in Strömen floß und Schwert und Beil des Scharfrichters nie zur Ruhe kamen?"

Eine Frauenstimme hatte diese Worte gesprochen und die zweite Albrune pflichtete ihr bei:

„Und erst der Galgen, Gora! So manches fette Stück ließ sich abschneiden von den Mördern und Dieben, die der Henker am Stricke baumeln ließ."

„Mandra, du machst mir den Mund wässrig nach Menschenblutwurst und Landsknecht-Bauchspeck wie einst während der Hussitenkriege in den Jahren

1428 und 1433, als wir die Schlachtfelder plündern und die Söldner ausweiden konnten, nicht wahr, Mallacht, mein Gebieter?"

„Ihr Weiber, was faselt ihr von alten Zeiten? Da drüben im Santinihaus, dort wohnt ein junger Mann, den wir noch schlachten werden, auch wenn der erste Angriff fehlschlug. Dann gibt's ein Festmahl nach Albrunenart!"

Mallacht, der Anführer der Albrunen, hatte also zwei Frauen und die kleinen Menschenfresser konnten womöglich tausend Jahre alt werden. Das war alles, was ich von dem Gespräch mitbekam, aber es reichte, um mir deutlich zu machen, dass diesen Wesen sämtliche Scheußlichkeiten zuzutrauen waren. Nun denn, kenne deine Feinde!

Tophi und ich zogen uns leise zurück, nachdem sich Mandra, Gora und Mallacht aus dem Staub gemacht hatten. Dieser Abendspaziergang wird mir wohl immer in Erinnerung bleiben.

Mein Onkel Karl

Die Gefahren und Probleme häuften sich zu einem Berg, der mir unüberwindlich schien, und ich fühlte mich allein. Sicher, Gloewr und Topheles hatte ich an meiner Seite, die Schratzeln waren mir freundlich gesonnen, im Schratzelbräu, wohin ich mich mehrmals in der Woche teleportierte, fühlte ich mich akzeptiert und respektiert von den Einheimischen. Darüber hinaus hatte ich Herrn Dr. Balthasar Altmann kennengelernt, mit dem ich mich gut verstand, und Regula Würschinger kam ab und zu vorbei, um mit Tophi Gassi zu gehen.

Wäre Onkel Karl doch nur hier! Ihm hatte ich immer vertraut, auch wenn wir uns nur selten sahen. Als Lokalredakteur hatte er sich in Oberviechtach ausgekannt wie kein Zweiter und was in seinen Aufzeichnungen stand, legte den Verdacht nahe, dass er noch weit mehr wusste und herausgefunden hatte, als ich dort lesen konnte.

Ich fragte Gloewr, ob Onkel Karl denn gewusst hätte, was zu tun sei. Ganz selbstverständlich kam die Antwort:

„Dann fragen wir ihn doch einfach selbst! Einen Moment, ich muss nur schnell etwas vorbereiten, dann können wir deinen Onkel Karl Albvettcr fragen."

Wie seltsam! Wir hatten mit Hilfe der Übersetzungsschnecke aus der Ferne kommuniziert, deshalb ging ich nun die ovale Wendeltreppe zum Keller hinunter, bis ich direkt beim Schratzelloch angekommen war. Ich war gespannt, was Gloewr da vorbereitet hatte.

Als er aus dem Erdstall kam, sah ich gleich, dass in seiner rechten Hand ein dunkelroter Edelstein schimmerte, ein Kristall von rundlicher Form.

„Gloewr, du versprichst mir meinen Onkel und zeigst mir einen Edelstein. Was soll das denn bedeuten?"

„Jetzt warte doch erst einmal, Frank. Ich habe hier einen böhmischen Granat und darin ist dein Onkel."

Waren die kleinen Außerirdischen während der mehr als zehntausend Jahre eines versteckten unterirdischen Erdenlebens etwa verrückt geworden, in eine Art kollektiven Wahnsinn verfallen? Doch mein Freund konnte mich beruhigen, indem er alles nachvollziehbar erklärte:

„In diesem Kristall befindet sich dein Onkel, zumindest sein Geist. Bevor er ins Pflegeheim gebracht werden musste, haben wir Schratzeln sein Wissen und seine gesamte Persönlichkeit in diesem Granat speichern können, so wie wir es bei unseren besten Freunden unter den Menschen immer zu tun pflegen."

„Unglaublich, wie kann man das, was ihr da abgespeichert habt, wieder abrufen?"

„Dann pass jetzt mal gut auf!"

Gloewr hielt den Stein fest in seiner rechten Hand, schloß kurz seine Augen und schien sich zu konzentrieren. Als er mich danach wieder anblickte, war er deutlich verändert und mit der Stimme meines verstorbenen Onkels sprach er zu mir:

„Sieh da, mein lieber Neffe, wie schön, dich hier zu sehen! Hast du dich schon eingelebt im Santinihaus? Geht es dir gut? Ist alles in Ordnung?"

Die Alraune

Ich war begeistert: „Onkel Karl, bist du es wirklich! Ich freue mich so, dich zu hören und, ja, mir geht es gut."

Gloewr bzw. Onkel Karl: „Und das Haus? Gibt es da irgendwelche Probleme?"

Ich: „O ja, leider mehr Schwierigkeiten, als ich erwartet hatte! Den Schratzeln droht die Entdeckung durch die Wissenschaft und wir werden hier von Albrunen bedroht. Hast du noch irgendwelche Informationen über diese Wurzelwesen, die nicht in deinen Aufzeichnungen enthalten sind?"

Gloewr bzw. Onkel Karl: „Was interessiert dich denn besonders?"

Ich: „Wie viele Albrunen gibt es denn überhaupt hier in der Umgebung?"

Gloewr bzw. Onkel Karl: „Ach, es sind kaum mehr als ein Dutzend. Sie sind viel seltener als die Schratzeln."

Ich: „Gibt es dafür einen bestimmten Grund?"

Gloewr bzw. Onkel Karl: „Erstens haben sie vor rund 11.000 Jahren den Krieg im Weltraum verloren und nur wenige konnten die Erde lebend erreichen. Doch das ist noch nicht alles."

Ich: „Jetzt sag schon, das klingt mir sehr nach einer Schwachstelle, die sich gegen die Albrunen einsetzen lässt."

Gloewr bzw. Onkel Karl: „Ich wusste, dass mein Neffe nicht auf den Kopf gefallen ist! Als die Albrunen sich auf der Erde eingerichtet hatten, fiel ihnen langsam auf, dass sie sich auf unserem Planeten nicht fortpflanzen konnten. Auch wenn ihre individuelle Lebenserwartung, wie du wohl schon festgestellt hast, rund eintausend Jahre beträgt, war es für ihren Weiterbestand schon notwendig, das Problem der Vermehrung zu lösen."

Ich: „Find ich lustig, dass der Mallacht auch mit zwei Frauen keinen Nachwuchs zeugen kann! Aber eine Lösung müssen die Albrunen doch gefunden haben, sonst wären sie längst ausgestorben."

Gloewr bzw. Onkel Karl: „In der Tat! Stammesge-schichtlich haben sich die Albrunen auf dem Plane-ten Schratt aus vegetabilen Lebensformen entwi-ckelt, quasi aus Pflanzen. So erklärt sich auch ihr wurzelartiges Aussehen. Es gelang ihnen nach unzähligen vergeblichen Versuchen, ihre DNA schließlich auf irdische Pflanzen zu übertragen, genauer gesagt, auf die Mandragora officinarum, die Gemeine Alraune."

Ich: „Ach du meine Güte, wie soll denn da eine Fortpflanzung stattfinden?"

Gloewr bzw. Onkel Karl: „Pflanzen vermehren sich ja schließlich auch. Ungefähr jede hundertste Alraunenwurzel wird letzten Endes zu einer lebens-fähigen Albrune."

Ich: „Alles klar, jetzt verstehe ich die alten Über-lieferungen und Sagen, die von dem markerschüt-ternden Schrei der Alraune erzählen, wenn die Wurzel durch Mensch oder Tier aus der Erde gezogen wird. So etwas wäre dann nichts anderes als eine Albrunen-Frühgeburt!"

Gloewr bzw. Onkel Karl: „Ich merke, du hast verstanden. Wenn man die Albrunen bekämpfen will, gilt es also, im wörtlichen Sinne das Übel an der Wurzel zu packen!"

Ich: „Alles klar, mein lieber Onkel, ab sofort werden Topheles und ich nach Gemeinen Alraunen Ausschau halten und verhindern, dass neue Albrunen entstehen können."

Gloewr bzw. Onkel Karl: „Viel Glück euch beiden, ich verabschiede mich für heute."

Pflanzenversand

Gloewr hatte sich natürlich noch nicht verabschiedet, sondern nur mein verstorbener Onkel Karl, für den Gloewr das Medium war, solange dieser den böhmischen Granat fest in seiner rechten Faust hielt. Jetzt aber kam der Stein wieder in einen kleinen Beutel zur Aufbewahrung an einem geheimen Ort, wohin mein Freund ihn später bringen würde.

Der Schratzel fragte mich, ob ich zufrieden sei mit den Auskünften, die mir mein Onkel hatte geben können und ich bedankte mich noch einmal für seine Mühe. Zufrieden verschwand Gloewr in den Tiefen des Erdstalls und ich ging wieder in mein Studierzimmer.

Theoretisch wusste ich jetzt, wie man weiteren Albrunennachwuchs in dieser Gegend verhindern konnte. Praktisch gesehen war das aber nicht so einfach. Schließlich hatte ich in meinem ganzen Leben noch keine Gemeine Alraune oder Mandragorapflanze gesehen, geschweige denn in der Umgebung von Haus Murach und dem Santinihaus.

Also beschloss ich, nachdem sowieso schon Frühjahrswetter herrschte, mir erst einmal eine solche Staude zu beschaffen, damit ich Topheles trainieren konnte. Wie ein Trüffelschwein, besser gesagt, ein Trüffelhund sollte er Alraunen aufzuspüren und zu vernichten lernen.

Im Internet gab es tatsächlich eine Reihe Angebote von Pflanzenversendern, die jeweils mit Zusatzinformationen gespickt waren. So sollte, was ich bereits wusste, das Ausgraben einer Alraunenwurzel alten Sagen zufolge zum Tode desjenigen führen oder ihn zumindest verrückt werden lassen. Rituale und Vorsichtsmaßnahmen verschiedenster Art seien angeblich notwendig.

Was mich dabei sehr freute, ich fand sogar einen Hinweis darauf, dass die Wurzel mit Hilfe eines schwarzen Hundes aus dem Boden zu ziehen sei. Bingo!

Die auch unter dem Namen Galgenmännchen bekannte Heil- und Zauberpflanze, vor deren Giftigkeit ausdrücklich gewarnt wird, sei der Überlieferung nach aus dem Sperma eines Erhängten entstanden und deshalb bevorzugt in der Nähe von Galgenplätzen zu finden.

Die Angebote im Netz bewegten sich zwischen zehn und vierzehn Euro pro pflanzfähiger Wurzel zuzüglich Versand. Nicht gerade billig, aber ich gab eine Bestellung auf und nach sieben Tagen brachte der Postbote das Päckchen vom Pflanzenversand an die Tür des Santinihauses.

Das Training mit Topheles führte ich nach dem Vorbild der Ausbildung von Drogenhunden durch. Mein Pudel sollte die giftige Wurzel oder Pflanze ja nicht fressen. Also bekam er andere Belohnungen, wenn es ihm gelang, die von mir sorgfältig im Gelände versteckte oder sogar vergrabene Wurzel aufzuspüren. Am liebsten mochte er ein Stück leckere Zoiglwurst im Aspikmantel, wie sie der Oberpfälzer gerne zum Bier genießt.

Nachdem Tophi als fertig ausgebildeter Alraunen-hund gelten durfte, setzte ich die Wurzel in das kleine Blumenbeet direkt neben der Eingangs-treppe zum Santinihaus. So war die Staude den Sommer über jederzeit als Anschauungsobjekt ver-fügbar und die Gefahr, dass unterirdisch hier jemals ein lebensfähiges Albrunenwesen entstehen würde, war ja schließlich nur 1:100.

Schratzelpolka

Wer kennt Anna Slezák? Mir jedenfalls war dieser Name unbekannt, bis ich ihn zum ersten Mal in den Aufzeichnungen meines Onkels Karl unter der Überschrift: „Tänze, Musik und Brauchtum der Schratzeln" las:

„Der beliebteste unter all ihren Tänzen ist die Schratzelpolka im Zweivierteltakt. Anna Slezák aus dem am Ufer der Elbe gelegenen Týnec nad Labem konnte sie angeblich im Jahre 1830 von damals dort ansässigen Schratzeln lernen. Heute gilt Anna Slezák allgemein als die Erfinderin der Polka, welche in Wirklichkeit außerirdischen Ursprungs ist. Auf dem Planeten Schratt soll sie einst mit mehr als 200 bpm gespielt worden sein, so schnell wie heutzutage Hardcore-Techno oder Gabba."

Eine Feier hatte ich ja schon miterleben dürfen und ich war sogar der DJ. Weil mein Pudel Topheles der Held auf unserer Siegesparty war, musste ich für ihn ständig „Black Dog" von Led Zeppelin auflegen und nachzufragen, welche Musik die Schratzeln eigentlich hören wollten, kam mir damals gar nicht in den Sinn. Ich las weiter:

„Mittlerweile ist es üblich, die Schratzelpolka mit 80 bpm zu beginnen und dann immer schneller zu werden, bis zu 160 bpm. Es ist ein fröhlicher und wilder Tanz, aber nicht annähernd so extrem wie ursprünglich auf dem Heimatplaneten der Schratzeln. Dafür wurde die Technik der Hüpfschritte immer mehr verfeinert."

Ich bekam Lust, im Santinihaus eine Party zu veranstalten. Gerne würde ich auch Regula und Balthasar einladen, doch das Geheimnis um die Existenz meiner kleinen Freunde musste unbedingt gewahrt bleiben und deshalb würden Topheles und ich auf lange Sicht ziemlich einsam leben müssen.

Auf jeden Fall wollte ich versuchen, Gloewr dazu zu bewegen, mir an einem der folgenden Abende eine Hörprobe der Schratzelpolka zukommen zu lassen. Vielleicht ließ sich sogar eine kleine Tanzvorführung organisieren. Wenn ich mir nur vorstellte, wie sie bei ihrer Polka ausgelassen im Kreis herumsprangen, hüpfte mein Herz schon vor Freude mit!

Klassische Archäologie

An Regula Würschinger, die Tochter des Schratzel-
bräu-Kochs, hatte ich mich erinnert, als eine Polka-
Party im Santinihaus zu planen begann. Bevor sie
während des Sommersemesters hauptsächlich am
Institut für Klassische Archäologie der Universität
Regensburg zu finden sein würde, kam sie noch
einmal vorbei, um einen Abendspaziergang mit
Topheles zu unternehmen.

Völlig überrascht war ich von ihrer Frage, ob ich
sie heute einmal begleiten wolle, zumal man ja für
längere Zeit keine Gelegenheit mehr haben würde,
sich ausführlich miteinander zu unterhalten.

Natürlich sagte ich zu, denn dies war eine Bitte, die
ich nicht abschlagen konnte. Nicht, wenn sie mich
mit ihren großen grünen Augen anblickte und dabei
eine leichte Röte über ihre Wangen huschte. Die
dunklen Locken umschmeichelten das ovale, mäd-
chenhafte Gesicht und ich musste unwillkürlich an
eine Waldnymphe denken.

Balthasar, der sich in Regula verliebt hatte, sollte heute ausnahmsweise nicht das Thema sein, sondern es ging um ihr Studienfach, die Klassische Archäologie.

Topheles hielt uns beide ganz schön auf Trab, trotzdem war das Tempo nicht so hoch, dass man sich nicht mehr hätte unterhalten können.

„Soviel ich weiß, beschäftigt sich die Klassische Archäologie vorwiegend mit der Antike im Mittelmeerraum, hauptsächlich mit den Griechen und Römern. Was ist daran so interessant?"

Regula antwortete ohne Zögern:

„Kunstgeschichte ist mein zweites Studienfach und Klassische Archäologie lässt sich damit wunderbar verbinden. Außerdem gibt es gerade in Bayern sehr viele Zeugnisse und Hinterlassenschaften der Römer."

Regula wusste offenbar, was sie wollte und in ihrem Fall handelte es sicher um kein Verlegenheitsstudium. Ich aber wollte auf etwas Bestimmtes hinaus:

„In der Antike gab es doch zahlreiche Labyrinthe, Katakomben und andere unterirdische Anlagen. Wenn du darüber ein wenig Material zusammenstellen könntest, würdest du mir eine große Freude machen."

Die junge Frau war intelligent genug, um mich sofort zu durchschauen. Schließlich befand sich ja auch unter dem Schratzelbräu ein Erdstall, den sie von klein auf kannte.

„Ich werde dir nicht nur entsprechendes Material zusammenstellen, sondern dich auch mit einem Fachmann für unterirdische Bauten der Antike zusammenbringen. Der Mann hat über die römischen Katakomben promoviert, aber jetzt kommt die große Überraschung! Was meinst du, wie dieser Wissenschaftler heißt?"

Ich war leider ratlos: „Keine Ahnung, sag mir bitte den Namen!"

Da musste Regula laut lachen und ich kurz darauf ebenfalls: „Dr. Durin Schratzenstaller, der Vorname war eine Idee seiner norwegischen Mutter.

‚Herr der Ringe' hatte die wahrscheinlich nicht gelesen, sonst hätten sich die Eltern das mit dem Namen noch einmal überlegt."

Zum Abschied sagte ich zu Regula: „Auch in Tophis Namen bedanke ich mich für den schönen Spaziergang und das interessante Gespräch. Auf Herrn Dr. Durin Schratzenstaller bin ich schon sehr gespannt."

Das Labyrinth

Dr. Durin Schratzenstaller meldete sich bei mir per WhatsApp mit dem Vorschlag, dass wir uns am nächsten Dienstag in der Kreisstadt Schwandorf treffen sollten. Das dortige Labyrinth von Felsenkellern fiele zwar nicht direkt in sein Forschungsgebiet, aber er sei mit einer Kollegin verabredet, mit der er ein gemeinsames Projekt plane. Die junge Wissenschaftlerin habe auch schon zu den Oberpfälzer Erdställen geforscht.

Die liebe Regula hatte also, wie versprochen, ganze Arbeit geleistet und bald würde ich ein kleines Netzwerk aufgebaut haben, um im Sinne der Schratzeln tätig zu werden. Auch die Planungen zum Besuch der Wallfahrtskirche des Heiligen Nepomuk machten gute Fortschritte und ich war zuversichtlich, dass der Landeplatz im nahen Tschechien ihrem Mutterschiff rechtzeitig zur Verfügung stehen würde.

Jetzt aber fiel mir die Passage aus den Aufzeichnungen meines verstorbenen Onkels Karl wieder ein, welche bereits im Kapitel „Schratzelwissen" zitiert wurde:

„Die Schratzeln nahmen auch großen Einfluss auf die Entwicklung des Brauwesens. Ein eindrucksvolles Zeugnis der Übernahme von Schratzelwissen und Schratzeltechnologie findet sich in der Kreisstadt Schwandorf, das Felsenkeller-Labyrinth mit seinen mehr als 130 unterirdischen Räumen, die in erster Linie für das kommunale Bierbrauen gebaut wurden."

Dieses Schwandorfer Labyrinth würde mir also bald von fachkundiger Seite gezeigt und erklärt werden. Im Internet fand ich die Information, dass diese Felsenkeller in den Dogger-Sandstein gehauen wurden. Die ersten Stollen seien vielleicht schon im 14. Jahrhundert im Zusammenhang mit der Suche nach Eisenerz angelegt worden, aber im Grunde hatte mein Onkel den Sachverhalt richtig dargestellt, zumal die Schratzeln ja beides waren und sind, Bergleute und Bierbrauer.

Schwandorf

Mit Sehenswürdigkeiten wie dem geheimnisvollen Vulkankegel in Parkstein, dessen Basaltsäulen aus den Tiefen der Erde emporsteigen, und dem mächtigen Rosenquarzfelsen, der mitten im Ort Pleystein thront, hat die Oberpfalz spektakuläre Geotope zu bieten.

Auch von ihren Bewohnern wurde Eindrucksvolles geschaffen. In Parkstein baute man Kellerräume in das Vulkangestein, wobei sich sogleich die berechtigte Frage stellt, ob dort vielleicht Schratzeln am Werk gewesen waren und den Menschen mit Rat und Tat zur Seite standen.

Auf jeden Fall war dies in Schwandorf beim Bau der ersten Felsenkeller so gewesen. Der eisenhaltige Dogger-Sandstein war zwar nicht zur Erzgewinnung geeignet, doch bereits für das 14. Jahrhundert lässt sich der Bau von Kellerräumen nachweisen. Damals lernten die Menschen vieles von den Schratzeln, auch was die Kunst des Bierbrauens betraf.

Die kühlen Temperaturen unter Tage erwiesen sich als ideal für untergäriges Bier, so dass sowohl das kommunale als später auch das private Brauwesen in Schwandorf einen ungeahnten Aufschwung nahmen.

Heutzutage gibt es jeweils um 16:00 Uhr eine Führung durch das Schwandorfer Felsenkellerlabyrinth, die anderthalb Stunden dauert und bei Touristen sehr beliebt ist. Wir, also außer mir Herr Dr. Schratzenstaller und die junge Wissenschaftlerin, mit der er sich verabredet hatte, durften eine Reihe dieser Felsenkeller bereits am Vormittag begehen, um in Ruhe forschen zu können.

Schwandorf liegt an der Naab, einem Nebenfluss der Donau. Zum Mittagessen im Brauereigasthof gab es gegrillten Waller und eine ausgiebige Fachsimpelei. Auf einem der Bilder, die wir aufnehmen konnten, lassen sich deutliche Spuren von Eisenerz erkennen. Ich war beeindruckt von den Zeugnissen der bergmännischen Fähigkeiten und erkannte die typische Handschrift der Schratzeln, denn nur sie konnten so sauber und exakt arbeiten. Eine weitere Aufnahme dokumentierte die Schwandorfer Bierkultur, und zwar anhand alter Fässer, die immer noch unter Tage gestapelt waren.

Marienbad

Zur Vorbereitung der Landung des Schratzel-Mutterschiffs stand jetzt eine wichtige Fahrt nach Tschechien an. Allerdings ging es nicht nach Žd'ár nad Sázavou, wie Gloewr und ich es ursprünglich geplant hatten, stattdessen war mein Ziel Mariánské Lázně, so heißt der altehrwürdige Kurort Marienbad auf Tschechisch.

In einem malerischen Park hoch über der Stadt liegt dort das nicht nur bei Kindern beliebte Boheminium, wo Dutzende bedeutender Bauwerke aus allen Teilen der Tschechischen Republik in Form von Miniaturen bewundert werden können. Das Kostel svatému Janu Nepomuckému zählt auch dazu, eine maßstabsgetreue Verkleinerung der Wallfahrtskirche also, auf der das Raumschiff landen sollte.

Gloewr und ich hatten viel Mühe darauf verwendet, ein faltbares Modell des Schratzelschiffs aus Papier anzufertigen, im gleichen Maßstab wie das Modell der von Santini-Aichel gebauten Kirche im Boheminium. Bei dieser Reise musste ich Gloewr noch nicht mitnehmen, was das Unternehmen deutlich erleichterte.

Als ich nun vor dem Modell der Nepomuk-Kirche stand, war es ein Leichtes, das voll entfaltete Raumschiffmodell auf dem Sternenkranz zu platzieren, um so festzustellen, dass alle Teile perfekt aufeinanderpassen würden, wie der böhmische Baumeister es seinerzeit im Auftrag der Schratzeln geplant hatte. Jetzt galt es nur noch, den optimalen Zeitpunkt für die Landung in Žd'ár nad Sázavou zu ermitteln.

Damit war der Pflichtteil meiner Reise beendet und anschließend konnte ich mich noch in der Stadt von der guten böhmischen Küche genussvoll verwöhnen lassen. Aus dem Fenster des Restaurants beobachtete ich die blau-weiß-gelben Oberleitungsbusse, die für Marienbad so typisch waren.

Ein überaus erfolgreicher Tag neigte sich langsam seinem Ende und ich begab mich wieder auf den Heimweg Richtung Oberviechtach.

Tillyschanz

Auf der Rückfahrt aus Tschechien legte ich einen Zwischenstopp bei Tillyschanz, direkt hinter der Grenze bei Eslarn gelegen, ein.

Das Grenzdorf auf der tschechischen Seite heißt Železná und dort gibt es einen Asiabasar mit Billigwaren, zwei Nagelstudios, einen Friseur samt Kosmetik und Massage im Angebot, einen Zigarettenladen und ein Travel-Free Bordershop zum günstigen Einkauf. Auf dem entsprechenden Hinweisschild ist eine Flasche Becherovka abgebildet.

Auch kann man in einem Restaurant einkehren, wovon zahlreiche Deutsche gerne Gebrauch machen. Vor zwanzig Jahren war dort an der Grenze zu Deutschland aber noch wesentlich mehr los.

Im heutigen Brückenland Bayern-Böhmen standen sich in der Anfangszeit des Dreißigjährigen Krieges Mansfelder Truppen und Streitkräfte des Feldherrn von Tilly, des Heerführers der Katholischen Liga, feindlich gegenüber. In der Nähe von Eslarn hatte Tilly sich im Sommer des Jahres 1621 verschanzt, so entstand die Bezeichnung Tillyschanz.

Vom Prager Fenstersturz am 23. Mai 1618 bis zum Westfälischen Frieden, der in Münster und Osnabrück im Jahre 1648 geschlossen wurde, dauerten die verheerenden Kriegswirren im Herzen Europas, die vor 400 Jahren als Religionskrieg begannen.

Am Abend vor Allerheiligen des Friedensjahres 1648 ereignete sich in der Nähe von Oberviechtach in unmittelbarer Nachbarschaft von Haus Murach der gewaltige Feuerschrack, von dem in einem früheren Kapitel dieses Buches berichtet wird.

Genau an dieser Stelle steht jetzt das Santinihaus, nur noch zwanzig Kilometer von Tillyschanz entfernt, wo Gloewr und die Schratzeln auf mich warteten.

Eigentlich waren wir dort ja auch verschanzt, bedroht von den Albrunen unter ihrem Anführer Mallacht und neugierigen Wissenschaftlern wie Professor Ganghuber. Wie wird diese Belagerung für die Schratzeln und mich enden?

Haus Murach

Bei meiner Heimkehr fiel mein Blick unwillkürlich auf das stolze Haus Murach, das wie immer majestätisch auf seinem Felsenthron ruhte.

Viele Sagen ranken sich um diese Burgruine samt der dazugehörigen Siedlung. Ein häufiges Thema solcher mündlichen Überlieferungen sind Grausamkeiten und Willkür.

Bis zu der Bauernbefreiung im Revolutionsjahr 1848 bestand für die Dorfbewohner im ebenfalls Haus Murach genannten heutigen Obermurach Erbuntertänigkeit mit Arbeitspflicht für den Burgherrn, Frondiensten verschiedenster Art und einer zeitlich befristeten Verpflichtung für die Bauernkinder, der Herrschaft als Gesinde zur Verfügung zu stehen.

Kleinste Vergehen wurden damals oft mit drakonischen Strafen geahndet. Ein grausamer und jähzorniger Ritter, der einst auf dem Felsen herrschte, ließ einen Missetäter von einem Pferd rund um die Burg schleifen, bis dessen Kleidung völlig verschlissen war und nicht der kleinste Fetzen mehr seinen völlig aufgeschürften und entstellten Körper bedeckte. So soll der schöne Fußweg rund um Haus Murach entstanden sein.

Der böse Geist jener längst vergangenen Zeiten scheint mir in den geheimen Machenschaften und den bösen Plänen der Albrunen bis heute fortzuwirken. Unbedingt musste ich herausfinden, ob Haus Murach vielleicht sogar Mallachts Hauptquartier war und damit so etwas wie das Zentrum des Bösen für die gesamte Oberpfalz.

Die Schratzel-Chroniken

Daheim im Santinihaus erwartete mich eine Überraschung. Gloewr hatte sich mit den anderen
Schratzeln beraten und man war zu dem Entschluss
gekommen, dass es nun an der Zeit war, mich mit
den Schratzel-Chroniken vertraut zu machen. Nicht
einmal meinem verstorbenen Onkel waren diese
Aufzeichnungen je anvertraut worden.

In ähnlicher Weise wie der Geist meines Onkels
von den Schratzeln in einem böhmischen Granat
gespeichert worden war, hatten sie auch ihre
Erinnerungen seit ihrem Aufbruch vom Planeten
Schratt in einen Bergkristall eingeschlossen. Diesen
Stein musste ich in meine rechte Hand nehmen, die
Übersetzungsschnecke in die linke und schon
konnte ich die Chroniken lesen.

Zwar war mir bereits bekannt, dass der Stern des
Sonnensystems, in welchem sich sowohl der
Heimatplanet der Schratzeln als auch derjenige der
Albrunen befand, das Ende seines Lebenszyklus
erreicht hatte. Zur gleichen Zeit, also vor mehr als
11.000 Jahren, war hier auf unserer Erde die letzte
Eiszeit schon fast vorbei.

Für beide Völker, die Schratzeln und die mit ihnen rivalisierenden Albrunen, war das also ein verlockender neuer Lebensraum, den sie mit ihren Raumflotten erreichen wollten. In den Chroniken wollte ich die Antwort auf meine Frage finden, weshalb am Ende einzig das Schratzel-Mutterschiff noch existierte. Auch die Geschichte der Ansiedlung in der Oberpfalz und wie sich die Schratzeln bereits vor ihrem Aufbruch auf das Wagnis vorbereitet hatten, interessierte mich brennend.

Also begann ich bereits am gleichen Abend mit dem Studium der Schratzel-Chroniken und war davon so fasziniert, dass ich erst weit nach Mitternacht zur Ruhe kam.

Lobpreis der Herrscherin

Ich nahm also den Bergkristall in meine rechte Hand und die Übersetzungsschnecke in die linke. Vor meinen geschlossenen Augen entfaltete sich die Schratzelsaga als ein mächtiges Epos in feierlicher Sprache. Das erste Kapitel ist der damaligen Königin der Schratzeln gewidmet:

„Amazaria, du junge Herrscherin von Schratt, so zierlich und klug, wen liebt das Volk der Schratzeln mehr als dich? Das Friedensreich, das du regierst, besteht seit jener Zeit, als weisen Frauen einst die Macht zufiel. Wir kannten seitdem weder Krieg noch Zwietracht, nur Glück und Harmonie im ganzen Rund.

Amazaria, du Retterin unserer Gemeinschaft, nur deine Liebe bleibt, wenn unser schlimmes Schicksal droht. Geleite uns, o Herrscherin, gib eine Zukunft deinem Volk, gib Hoffnung in der Dunkelheit, wenn unser Stern schon bald verglüht, dann bleibst nur du, nur du allein.

Amazaria, wir folgen dir, du trocknest unsere Tränen, denn die geliebte Welt, der schöne Planet Schratt, er ist dem Tod geweiht. Wohin bloß, wohin? Nur du kennst den Weg, nur du allein kannst unsere Zukunft sichern."

Das Volk der Schratzeln hatte sein nahes Ende vor Augen. Die Lebensbedingungen auf dem Heimatplaneten verschlechterten sich von Tag zu Tag. Ihre kluge Königin sollte sie retten. War die junge Herrscherin dieser großen Aufgabe gewachsen?

An ihrer Seite stand als Beraterin die Priesterin Chakrala, eine undurchsichtige und geheimnisvolle Gestalt. Für den geplanten Exodus konnte Amazaria auf tatkräftige Unterstützung durch die Pilotin Beriona zählen, erfahren in Weltraumnavigation und Logistik.

Ja, so war das damals auf dem Planeten Schratt. Die Frauen hatten die Macht an sich gerissen, aber sie herrschten umsichtig und immer auf das Wohl aller Schratzeln bedacht und das schon seit Jahrhunderten.

Vorsorglich hatten sie bereits eine beachtliche Flotte von Raumschiffen bauen lassen, doch ob diese leicht verwundbaren Flugobjekte ohne jede Bewaffnung oder Verteidigungsmöglichkeit ausreichten, das fragten sich vor allem die Schratzelmänner.

Der Exodus wird geplant

Nach dem Lobpreis auf die junge Herrscherin Amazaria erzählen die Schratzel-Chroniken davon, wie sich das Volk der Schratzeln auf die gemeinsame Reise zur Erde vorbereitete:

„Der große Aufbruch steht bevor, nur hundert Jahre noch bleibt Schratt bewohnbar, dann werden Pflanze, Tier und Schratzel hier keinen Ort mehr haben, an dem ein Leben möglich ist.

Bloß die Alten noch werden in ihrer Heimat bleiben und unsere Tiere hüten und die Felder pflegen können, doch alle Jüngeren sind aufgefordert, bald ihren Abschied vom geliebten Mutterplaneten zu nehmen, es sei denn, sie entscheiden sich dafür, zu bleiben, den frühen Tod vor Augen, denn eines Schratzels Leben währt fünfhundert Jahre.

Wer sich entscheidet mitzukommen, der muss ein hartes Training absolvieren, denn die geplante Reise wird uns alle auf die Probe stellen. Amazaria und auch Beriona, sie brauchen jede Hand und jeden Rat, so strengt euch tüchtig an! Und Chakrala wird für uns beten, auf dass der Himmel mit den Schratzeln sei!

Ihr Schratzelmänner, schafft reichlich Mineralien und Metalle heran, auf dass die Ingenieurinnen in ihren Konstruktionsbüros all das entwickeln können, was uns noch fehlt zu unserem Wagnis. Die schwere Arbeit unter Tage, das ist das Los der Männer, damit dem Volk es nicht an Rohstoff mangelt."

Ich hatte mich schon an den eigenartigen Stil dieses Epos gewöhnt und fand es schade, dass durch die Übersetzung doch viel von der ursprünglichen Schönheit der Dichtung verlorengehen musste. Der mythische Klang des Alt-Schratzischen, Versmaß und Rhythmus sowie die wunderbaren Reime, wie sollte all das ins Deutsche übertragen werden? Vor einer solchen Herausforderung kapitulierte selbst die Übersetzungsschnecke.

Bei aller Umsicht hatten die Frauen auf dem Planeten nicht bedacht, dass in den Weiten des Weltraums Feinde lauern könnten, die nur darauf warteten, die Schratzelflotte anzugreifen. Aufgrund der weiblichen Friedenspolitik waren Waffen aller Art auf Schratt schon lange nicht mehr erlaubt, womit allerdings nicht jeder Schratzelmann einverstanden war.

Aufstand der Männer

In Oberviechtach musste ich dringende Einkäufe erledigen und auch Tophi beanspruchte meine Aufmerksamkeit. Schließlich gab es noch ein wichtiges Telefonat mit Regula, die sich aus Regensburg bei mir gemeldet hatte. Erst am späten Abend konnte ich mich wieder den Schratzel-Chroniken widmen.

Auf dem Planeten Schratt liefen die Vorbereitungen auf Hochtouren und alle Arbeitskräfte wurden gebraucht.

„Verdoppelt eure Anstrengungen, ihr Männer, sonst gehen uns die Rohstoffe aus. Wir brauchen Erze und Kristalle für unsere Weltraumflotte. Grabt in den tiefsten Tiefen und fördert zutage, soviel ihr könnt!"

Solche Appelle waren Tag für Tag zu vernehmen. Der schweren körperlichen Arbeit endlich müde und nicht gewillt, nur ständig dem Befehl der Frauen zu gehorchen, beschlossen die Geknechteten den Streik.

In geheimer Versammlung der Verschwörer wurden starke Zweifel am Ausgang der Fahrt zur Erde laut, so wie die Frauen sie geplant hatten, denn ohne Schilde, ohne Waffen, wehrlos im All, wie sollte jemals eine neue Heimat für die Schratzeln werden?

Melgas, der bislang geächtete Waffenschmied aus der größten jener verborgenen Werkstätten, die sich - von den ahnungslosen Schratzelfrauen unbemerkt - Schratzelmänner insgeheim in lang verlassenen Bergwerksstollen eingerichtet hatten, ergriff das Wort.

Nichts von der vor dem Matriarchat bereits entwickelten Kriegstechnologie sei verloren, im Gegenteil, sowohl wirksame Energieschilde für die Raumschiffe der Schratzelflotte als auch Strahlenwaffen für den Kampf im All könnten die Untergrund-Werkstätten in kurzer Zeit bereitstellen.

Voller Entschlossenheit wollten die Männer ihren Streik nun fortsetzen, bis Amazaria und alle anderen Frauen einer dem Vorhaben angemessenen Bewaffnung zustimmen würden.

Mit einer solchen Entwicklung kurz vor dem fälligen Aufbruch vom Heimatplaneten Schratt hatte ich nicht gerechnet und schlagartig stellte sich mir die Frage, weshalb bei meinen unter dem Santinihaus lebenden Schratzelfreunden keinerlei Anzeichen für eine Frauenherrschaft zu erkennen war, anders als damals unter der Königin Amarazia.

Melgas

Ich war gespannt darauf, ob der Aufstand der Schratzelmänner etwas bewirken konnte und ein Augenzeugenbericht von jemandem, der direkt daran beteiligt war, das wäre ganz nach meinem Geschmack, viel besser als immer nur in der Chronik zu lesen!

Moment, warte mal, das war vielleicht tatsächlich machbar! Mit der Übersetzungsschnecke kontaktierte ich Gloewr.

Er fragte: „Was gibt's, womit kann ich dienen?"

„Darf ich mit Melgas persönlich sprechen? Habt ihr seinen Geist in einem Edelstein gespeichert? Wenn ja, dann bitte ich um eine Begegnung mit eurem legendären Waffenschmied."

„Nichts leichter als das! Der Kristall stammt sogar noch vom Planeten Schratt, obwohl wir sonst fast nichts aus der alten Heimat mitgenommen haben."

Gloewr stand jetzt neben mir und hielt ein Mineral in seiner Hand, so bunt, wie ich es noch nie gesehen hatte. Ständig änderte es seine Farbe und übertraf in seiner Wirkung jeden Opal. Solch eine schillernde Persönlichkeit war es wohl auch, die seinerzeit Melgas auszeichnete und ihn zu einer charismatischen Figur werden ließ.

Wie schon einmal hielt Gloewr den Stein fest in seiner rechten Hand, schloß kurz die Augen und konzentrierte sich. Als er mich danach wieder anblickte, war er deutlich verändert und mit einer mir unbekannten Stimme fragte er:

„Wie geht es meinem Volk? Es ist so schön, nach langer Zeit mal wieder Neues zu erfahren."

„Lieber Melgas, ich heiße Frank und deinem Volk geht es gut hier in der Oberpfalz. Leider sind die Albrunen noch immer nicht besiegt und trachten den Schratzeln nach dem Leben."

„Ha, unsere alten Feinde! Ich wusste, dass sie uns erhalten bleiben würden!"

„Leider ja, aber so bleiben die Schratzeln fit und wachsam. Ein zu bequemes und sicheres Leben würde sie nur dumm und faul werden lassen."

„Frank, ich merke, du denkst wie ich. Die Frauen, also Königin Alazaria, ihre Beraterin Chakrala, die Pilotin Beriona und all die anderen, hatten durch ihre Herrschaft eine Verweichlichung herbeigeführt, gegen die wir Männer damals etwas unternehmen mussten."

Der Exodus

Ich hatte schon ganz vergessen, dass Gloewr als Medium diente und glaubte, wirklich mit Melgas selbst zu reden. Was hatten die Männer bloß unternommen, um die Frauen umzustimmen? Ein Generalstreik alleine reichte dafür wohl kaum aus.

Melgas fuhr mit seiner Schilderung fort: „Gefragt waren begnadete Redner, die ihre Zuhörer mitreißen und gute Argumente vorbringen konnten. Leider waren wir Männer unter dem Matriarchat völlig aus der Übung gekommen. Ausgerechnet mich hielten die anderen für ein Naturtalent."

„Wenn ich dir so zuhöre, kann ich das verstehen. Auf den Mund gefallen bist du jedenfalls nicht."

Melgas musste lachen: „Ja, auch die Frauen lauschten meinen Worten. Irgendwann kam die Botschaft dann an, dass eine Weltraumexpedition und erst recht ein kompletter Exodus keine Pauschalreise waren, sondern ein gefährliches Abenteuer darstellten."

„Ich kann überhaupt nicht glauben, wie naiv eure junge Königin war. Immerhin hätte Chakrala es besser wissen müssen."

Melgas fuhr fort: „Zu Chakrala komme ich später, die hat uns alle überrascht. Amazaria stimmte schließlich der Forderung zu, alle Schiffe mit Schutzschilden auszustatten und die von uns Männern im Geheimen optimierten Waffensysteme mit an Bord zu nehmen. Damit war unser Streik beendet und mit vereinten Kräften wurde für den Exodus gearbeitet und trainiert."

„Schutzschilde und Waffen werden doch sicher viel Platz beansprucht haben und das Gewicht eurer Raumkreuzer hat sich bestimmt beträchtlich erhöht. Das ging doch auf Kosten anderer Ladung?"

Melgas stimmte mir zu: „Mitnehmen konnten wir fast nichts von unserem Heimatplaneten, jedenfalls keine Pflanzen, Tiere und Rohstoffe. Wir mussten darauf vertrauen, auf der Erde genau das zu finden, was Schratzeln zum Leben benötigen. Den Traum von einer Arche Noah musste Amazaria leider begraben."

Voller Überzeugung versicherte ich Melgas: „Zum Glück gibt es ja in der Oberpfalz alles, was ein Schratzel für ein glückliches Leben braucht."

Somit war klar, mit welchen Voraussetzungen und unter welchen Bedingungen der Exodus damals stattfand. Die Schratzeln waren unterwegs zu neuen Ufern, ausgestattet mit Vorräten, um auf der Reise nicht zu verhungern oder zu verdursten. Dank Männern wie Melgas mussten sie auch nicht zu große Angst vor unvorhersehbaren Gefahren durch feindliche Lebensformen haben.

Ein geheimer Pakt

Gloewr brauchte eine kleine Pause, denn sein Einsatz als Medium kostete viel Energie. Er legte den Melgas-Kristall beiseite und setzte sich auf das Kissen, welches ich immer für ihn bereithielt. Die Sessel und Stühle der Menschen waren schließlich viel zu groß für einen Schratzel.

Während mein Freund neue Kräfte sammelte, wandte ich mich wieder den Schratzel-Chroniken zu. An deren fremdartigen epischen Stil hatte ich mich ja schon gewöhnt.

„Herzzerreißend war er, der Abschied von den Alten, die ihren Lebensabend noch auf Schratt verbringen durften. Ach, die lieben Tiere, auch sie blieben zurück, ach, die Gärten und Parks, so sorgsam gepflegt, es hieß nun: Abschied nehmen! Abschied vom Heimatplaneten und auch von den Lieben, die freiwillig geblieben waren.

Doch nicht allein auf Schratt war es die Zeit des Aufbruchs, nein, auch auf einem hinter der sterbenden Sonne verborgenen Planeten, Heimat der finsteren Albrunen, rüstete man zur Reise, die jene ebenfalls zur Erde führen sollte. Niemand auf

Schratt ahnte etwas von diesen Wesen und ihrer Welt, nur in der Priesterschaft war ein okkultes Wissen überliefert.

Chakrala, die Hüterin der Rituale, sie allein konnte Kontakt aufnehmen zu der obskuren Lebensform und es gab Absprachen mit den Albrunen, von denen Amazaria und all die anderen nichts ahnten. Verschwörung und Verrat bedrohten die friedliche Reise der Schratzeln, während diese sich in trügerischer Sicherheit wähnten."

Das klang gar nicht gut! Ich schaute zu Gloewr hin, um zu sehen, ob er schon wieder einsatzbereit wäre, denn eigentlich sprach ich ja lieber mit Melgas selbst, um aus erster Hand zu erfahren, wie fatal sich Chakralas Verrat auf die Expedition auswirkte.

Und richtig! Gloewr stand auf, nickte mir zu und es konnte weitergehen mit der Stimme von Melgas:

„Ja, mit der Oberpfalz und unseren anderen Siedlungsplätzen auf der Erde haben wir wohl großes Glück gehabt. Bis dahin aber war es ein weiter Weg."

„Ich habe gelesen, dass auf Schratt nur die oberste Priesterschaft um die Existenz eines hinter der Schratzel-Sonne verborgenen dunklen Planeten wusste, der Heimstatt der Albrunen. Chakrala konnte offenbar zu ihnen Kontakt aufnehmen."

Melgas: „Erinnere mich bloß nicht an diese Hexe! Als ich zum Sicherheitsbeauftragten für die Weltraumexpedition ernannt und damit erstmals wieder ein männlicher Schratzel in die Führungsspitze berufen wurde, fürchtete sie um die Fortdauer der weiblichen Vorherrschaft."

„Ganz falsch lag sie damit ja nicht, denn vom Matriarchat ist heutzutage ja nichts mehr übrig!"

Melgas: „Auf der Suche nach Verbündeten schloß die Priesterin einen geheimen Pakt mit den Albrunen, die zu der Zeit ebenfalls einen Exodus vorbereiteten, aber noch kein geeignetes Ziel gefunden hatten. Durch Chakrala erfuhren sie von den idealen Bedingungen, die auf der Erde herrschten."

„Ganz toll, dann waren es plötzlich zwei Konkurrenten, die zur Erde unterwegs waren. Im Falle von Chakrala frage ich mich, wie blöd kann jemand eigentlich sein? Und dann noch in so einer Position!"

Melgas: „Wenn ihr Menschen euch heute auf der Erde umschaut, müsst ihr bestimmt auch nicht lange suchen, besonders wenn es sich um Spitzenpositionen bei Regierungen und Konzernen handelt, stimmt's?"

„Jetzt wo du's sagst, mein lieber Melgas, fallen mir doch sofort eine Reihe von Beispielen ein."

Konfrontation im All

Am nächsten Abend nahm ich wieder die Chronik zur Hand, um zu erfahren, was die Expedition zur Erde an Überraschungen bereithielt. Beriona und Melgas brachten die kleine Flotte der Schratzeln auf einen Kurs Richtung Erde, der sie nahe an einem Schwarzen Loch vorbeiführte. Jeder andere Weg wäre unverhältnismäßig länger gewesen.

Von Chakrala erfuhren die Albrunen, wo sie am besten einen Hinterhalt aufbauen konnten, um die Schratzeln auf Nimmerwiedersehen in das Schwarze Loch zu befördern. Beinahe wäre dieser Plan auch aufgegangen, wenn nicht Melgas, der Sicherheitsbeauftragte, und Beriona, die erfahrene Pilotin, ihr strategisches und taktisches Meisterstück abgeliefert hätten.

Wie sich das zutrug, das konnte ich aus erster Hand erfahren, als Gloewr sich im Laufe des Abends wieder zu mir gesellte und als Medium für Melgas zur Verfügung stand:

„Hallo Frank, wie geht's? Du willst jetzt sicher etwas über die große Weltraumschlacht am Schwarzen Loch erfahren!"

„Und ob! Auf den Überraschungsangriff der Albrunen konntet ihr doch gar nicht vorbereitet sein, denn alle außer Chakrala waren ja völlig ahnungslos."

Melgas: „Du sagst es! Aus heiterem Himmel, wenn man im Weltraum überhaupt davon sprechen kann, traf uns der Beschuss durch die Albrunen. Ich hatte alle Mühe, nach den ersten Treffern gerade noch rechtzeitig unsere Schutzschilde hochfahren zu lassen, mit denen alle Schiffe, auch die kleineren, ausgerüstet waren."

„Na, ich hoffe, die Schilde haben gehalten. Wie sah es aus mit Gegenwehr?"

Melgas: „Sehr schnell wurde deutlich, dass wir mit unserer bescheidenen Bewaffnung hoffnungslos unterlegen waren. Es galt, die Albrunen zu überlisten, denn im Kampf besiegen konnten wir sie nicht."

„Ihr habt sie wahrscheinlich im Glauben gelassen, dass sie ihr Ziel, euch in das Schwarze Loch zu treiben, leicht erreichen würden."

Melgas: „Ich sagte schon einmal, du denkst wie ich, Frank. Den Gegner in Sicherheit zu wiegen, das ist eine Kunst, die jeder Krieger beherrschen sollte. Unsere Schiffe flohen also vor den Angreifern, die natürlich annahmen, wir seien so dumm, dass wir direkt in das Scharze Loch fliegen würden."

„Damit habt ihr deren Jagdeifer geweckt. Bestimmt sind euch die Albrunen mit hoher Geschwindigkeit gefolgt."

Melgas: „Ja, die Situation war äußerst gefährlich, doch Beriona und ich konnten uns blind aufeinander verlassen und agierten Hand in Hand. Wir waren einfach ein gutes Team."

„Du spannst mich jetzt ganz schön auf die Folter, Melgas, und dabei ist es doch schon so spät geworden."

Melgas: „Genau, deshalb morgen mehr. Bis dann!"

Gloewr: „Heute hat mich der Job als Medium besonders angestrengt. Sei mir bitte nicht böse, Frank, wenn ich mich auch gleich verabschiede."

Hart am Ereignishorizont

In der Bibliothek meines verstorbenen Onkels Karl fand sich vieles zu Astronomie und Weltraumkunde. Ein ganzes Regalbrett war einzig und allein für die Schwarzen Löcher reserviert. Der alte Fuchs muss doch so einiges von den gefährlichen Abenteuern der Schratzeln auf ihrem langen Flug zur Erde gewusst haben, weshalb hätte er sich sonst dermaßen für diese Phänomene interessiert?

Ich sog die Informationen, die mein Onkel sorgsam zusammengetragen hatte, begierig auf. Schnell begriff ich, was Beriona und Melgas damals versuchten. Während das Mutterschiff sich in sicherem Abstand von der Singularität, wie man in der Wissenschaft die Schwarzen Löcher nennt, aufhielt, bewegte sich ein kleiner Pulk leichter Schratzel-Fregatten und mittelschwerer Raumkreuzer tangential zum Ereignishorizont, um die Albrunen in die gefährliche Zone zu locken, wo sie den Gravitationskräften der Singularität zum Opfer fallen sollten.

Später an diesem Abend bestätigte Melgas meine Annahmen:

„Wie ein Rudel wilder Raubtiere, die Witterung aufgenommen hatten, verfolgten uns die Albrunen mit ihren schweren Kampfschiffen der Dreadnought-Klasse. Unser einziger Vorteil lag in der Wendigkeit der kleinen Fregatten und Kreuzer, über welche wir Schratzeln verfügten. Mit einiger Mühe waren wir schließlich auf einem Kurs, der den Ereignishorizont der Singularität durchbrechen würde und damit geradewegs in das Schwarze Loch hineinführte."

Ich staunte: „Da habt ihr euch selbst aber ganz schön in Gefahr gebracht!"

Melgas reagierte lebhaft: „Das Risiko hat sich gelohnt, denn durch Berionas Geschicklichkeit als leitende Pilotin konnten wir hart am Ereignishorizont abdrehen und unsere kleine Flotte in Sicherheit bringen."

Natürlich wollte ich jetzt wissen, was mit den Raumschiffen der Albrunen geschah.

Melgas: „Die Dreadnoughts der Albrunen waren nicht manövrierfähig genug, so dass nur die letzten vier sich noch retten konnten. Ein halbes Dutzend Schlachtschiffe samt Besatzung verloren unsere

Feinde jedoch, denn aus einem Schwarzen Loch gibt es kein Entrinnen, sobald man den Ereignishorizont überquert hat."

Ich resümierte: „So wurde ein großer Teil der Albrunen Opfer der eigenen Mordlust, mit der sie euch vor sich hertrieben. Eure Taktik erinnert mich an asiatischen Kampfsport, wo man häufig die Stärke des Gegners gegen ihn verwendet."

Melgas: „Glück war aber auch im Spiel. Neben ihrem großen Mutterschiff hatten die Albrunen danach nur noch vier von einstmals zehn Kampfschiffen übrig, aber ihre Wut und ihr Hass auf uns Schratzeln kannte nun keine Grenzen mehr. Diese Schlacht war für uns gewonnen, der Krieg im Weltraum währte jedoch fast bis zur endgültigen Ankunft beider Lebensformen auf der Erde."

Darauf gönnten Gloewr und ich uns erst einmal ein kühles Schratzelbräu und ließen den Abend gemütlich ausklingen.

Žd'ár nad Sázavou rückt näher

Über die lange Reise der Schratzeln und der Albrunen werde ich vielleicht eines Tages ein eigenes Buch schreiben. Wie Gloewr mir versicherte, waren nach verlustreichen Auseinandersetzungen und verschiedenen Unglücksfällen schließlich nur noch die beiden Mutterschiffe übrig, das große der Schratzeln und das wesentlich kleinere der Albrunen. Beide Lebensformen siedelten erfolgreich auf unserem Planeten, wo sie bis heute existieren.

Amazaria, Beriona, Melgas und Chakrala weilen nun schon lange nicht mehr unter den Lebenden, aber sie sind nicht vergessen. Mit Ausnahme Chakralas, der verräterischen Priesterin, hat man ihr Andenken in ausgewählten Edelsteinen bewahrt. Wie bei Melgas beinhalten diese Kristalle das Wissen, die Erinnerungen und den Geist der Verstorbenen.

Als die ersten Schratzellöcher gebaut und bezogen wurden, behielt man das Matriarchat nicht länger bei. Gleichberechtigung trat an die Stelle der weiblichen Vorherrschaft, denn es hatte sich gezeigt, dass ohne die Autorität von Männern wie Melgas die Schratzeln niemals so weit gekommen wären.

Man entschloss sich, das Mutterschiff mit einer angemessenen Besatzung ständig im Weltraum patrouillieren zu lassen, um im Falle einer Katastrophe immer noch eine zweite Chance zu haben. Ab und zu wurde auf der Erde Energie getankt, wie bald wieder im tschechischen Žd'ár nad Sázavou. Die Oberviechtacher Schratzeln und ich selbst trugen dafür die Verantwortung und mussten alles vorbereiten. Nun rückte der entscheidende Tag unaufhörlich näher, das Schratzel-Raumschiff hatte, aus der Richtung von Sirius A kommend, den größten Teil der 8,6 Lichtjahre bereits hinter sich gebracht und unser kleines Einsatzteam war gefordert.

Die Wallfahrtskirche des heiligen Nepomuk war von Johann Blasius Santini-Aichel bereits um das Jahr 1720 herum als Landeplatz und Tankstelle für das Schratzel-Mutterschiff angelegt worden. Anhand der Nachbildung des Kostel svatému Janu Nepomuckému, welches maßstabsgerecht im Boheminium zu sehen ist, und mit Hilfe unseres aus Papier gefalteten Modells des Schratzelschiffs hatte ich bei meiner Reise nach Mariánské Lázně, mit deutschem Namen Marienbad, nachweisen können, dass unser geplantes Manöver grundsätzlich durchführbar war. Jetzt galt es, einen geeigneten Termin zu finden, also einen Tag, an dem das Gebäude und dessen Umgebung menschenleer sein würden. Gerne gebe ich zu, es gibt leichtere Aufgaben.

Neues vom Schlupf-Toni

Rund um das Santinihaus ging alles seinen gewohnten Gang. Jeden Abend machte ich mit Topheles einen Spaziergang in weitem Bogen an Haus Murach vorbei, ohne dass uns dabei etwas Ungewöhnliches begegnete.

Regula war mal wieder mit ihrem Balthasar zu Besuch, so dass wir uns gemeinsam auf die abendliche Runde begaben. Gerade als man dem Santinihaus näherkam, sahen wir einen langen Schatten, der hinter einer Hausecke verschwand. Wer trieb sich dort herum?

Lange mussten wir nicht raten, denn der wackere Topheles stellte den Heimlichtuer. Es kam heraus, dass Professor Ganghuber seinen Assistenten, den Anton Valentin, genannt Schlupf-Toni, zum Spionieren nach Oberviechtach geschickt hatte. Der sah sich einer Übermacht gegenüber, gab klein bei, und als wir ihn auf ein Schratzelbräu ins Haus baten, wurde er schließlich redselig.

Der im legendären Forschungsbericht der beiden Münchner erwähnte Metallknopf aus einem Material außerirdischen Ursprungs hatte den berühmten

Herrn Professor Dr. Laurin Ganghuber nicht ruhen lassen. Er, der Schlupf-Toni, sollte mehr herausfinden, und zwar vor Ort in Oberviechtach. Kleinlaut bat er uns um Hilfe.

„Fallnithin", sagte ich zu ihm und er erinnerte sich daran, wie er damals, als der Roboter Arach-Noid 1.0 im Schratzelloch zum Einsatz kommen sollte, die Anekdote von der Stimme seines Schutzengels erzählt hatte. Die Situation war eigentlich zum Lachen und doch drohte den Schratzeln ganz reale Gefahr. Was konnte alles geschehen, wenn die Wissenschaft ihr so lange gehütetes Geheimnis aufdecken würde!

Erst einmal schenkten wir dem Anton ordentlich ein und zum Schratzelbräu gab es noch leckeren Obstler aus der Fränkischen Schweiz. Über kurz oder lang war der Schlupf-Toni denn auch außer Gefecht gesetzt. Bei seiner dünnen Statur, mit der er, wie man sich erinnern wird, dem Komiker Karl Valentin ähnelte, vertrug er nicht wirklich viel.

Bis zum nächsten Morgen hatten wir erst einmal Ruhe, aber das Problem war damit nur verschoben und keinesfalls gelöst. Während der Valentin Anton

friedlich schnarchte, hatten Balthasar, der inzwischen in die meisten Geheimnisse eingeweiht war,
Regula und ich ein ernsthaftes Krisengespräch.

Die Schratzeln bei den Thrakern

Der Schlupf-Toni war zu einem echten Problem geworden. Vielleicht mussten sich die Schratzeln wieder teleportieren, aber einfach nur bis zum Schratzelbräu, das war diesmal keine Lösung. Anton Valentin würde bestimmt versuchen, auch dort zu schnüffeln, und das konnte man nicht riskieren. Teleportation funktioniert jedoch auch über große Entfernungen. Dazu ein Beispiel:

Vor zwei Wochen war ein Schratzel aus Bulgarien zu Besuch, der sich Thrak nannte. Er hatte sich einfach von dort zu uns teleportiert. Im Santinihaus hatten er, Gloewr und ich einige gute Gespräche. Der Name, den er trug, sollte an die Thraker erinnern, die schon in der Ilias des Homer erwähnt werden und mit denen die Schratzeln seit dem achten Jahrhundert vor Christus eine enge Freundschaft pflegten.

Bergbau und Metallverarbeitung hatten die Thraker von den Schratzeln gelernt, vor allem auch die Verarbeitung des aus der Tiefe gewonnenen Goldes. Noch heute findet man in Bulgarien immer wieder Schätze der alten Thraker. So wie in Oberfranken das Bierbrauen vom Schratzelwissen profitierte, war es in Thrakien mit dem Wein, dessen Ruf bis nach Griechenland reichte. Auch für ihre Reitpferde waren die Thraker berühmt und das ganz ohne die Hilfe ihrer kleinen Freunde.

Ein Geheimnis teilten die Schratzeln aber noch mit den Menschen, die Herstellung des Rosenöls. Noch heute kommen siebzig Prozent der Weltproduktion aus Bulgarien, weil die Schratzeln den Thrakern einst geraten hatten, Duftrosen anzubauen. Thrak schwärmte von herrlichen Abenden am Ufer des Schwarzen Meeres bei Schafskäse und Wein, an denen man sich Sagen und Legenden aus der Zeit des alten Thrakien erzählte. So wurde der Thrakerkönig Rhesos, der auf Seiten Trojas kämpfte, von dem Griechen Diomedes getötet. Wesentlich später wurde der Rhesusaffe nach ihm benannt. Obwohl die Thraker einst gefürchtete Haudegen waren, auch Spartacus stammte aus Thrakien, ging ihre Zeit mit dem Erstarken des Römischen Reiches allmählich dem Ende entgegen, sehr zum Verdruss der Schratzeln, welche die Römer nicht mochten.

Wenn also Thrak sich von Bulgarien bis nach Oberviechtach beamen konnte, dann sollte es auch den Oberviechtacher Schratzeln möglich sein, komplett aus der Oberpfalz zu verschwinden, und sei es auch nur für eine kurze Zeit, bis die Luft wieder rein sein würde.

Balthasar, Regula und ich fragten uns bei unserem nächtlichen Krisengespräch, ob das alles so einfach zu bewerkstelligen sei. Immerhin benötigte man für eine Massenteleportation über eine große Entfernung hinweg erhebliche Mengen an Energie. Wir entschlossen uns, mit Hilfe der Übersetzungsschnecke erst einmal Gloewr zu kontaktieren und ihn über die Situation und unsere Pläne zu informieren.

Bedrohung aus dem All

Während in Oberviechtach der Schlupf-Toni das größte aller Probleme zu sein schien, hatte man auf dem Schratzel-Mutterschiff den tschechischen Ort Žd'ár nad Sázavou und die Wallfahrtskirche des heiligen Nepomuk bereits fest im Visier. Im ausgefeilten Navigationssystem, welches mit der automatischen Steuerung gekoppelt war, zeigte sie sich als ein roter Punkt auf der Erde, wo man bald andocken wollte und Energie tanken konnte. Als Termin war der 31. Dezember des gregorianischen Kalenders vereinbart, Gloewr und andere namhafte Vertreter der Schratzeln würden zur Unterstützung vor Ort sein, so war es mit der Oberviechtacher Kolonie ausgemacht.

Die führenden Astronomen und sämtliche Raumfahrtbehörden auf unserem blauen Planeten waren alarmiert, auch wenn sie im Grunde nur wenig Ahnung hatten, und bald gab es die ersten Meldungen in Nachrichtensendungen und im Internet. Ein Himmelskörper mittlerer Größe befände sich im Anflug auf Mitteleuropa, der Einschlag sei Ende des Jahres zu erwarten. Noch nie hatte man so früh und so genau ein Ereignis dieser Art vorhersagen können und gleichzeitig sah man sich nicht in der

Lage, auch nur das Geringste dagegen unternehmen zu können. Sicher würde ein bedeutender Teil der Masse in der Atmosphäre verglühen, aber man rechnete fest mit einer verheerenden Explosion und einem gewaltigen Krater.

Erste Notfallpläne wurden entworfen. Dabei schien eine weiträumige Evakuierung des Gebietes, in dem mit einem Aufprall zu rechnen war, die einzig sinnvolle Option zu sein. Die Berechnungen wurden immer exakter und bald konnte man sich ganz konkret festlegen auf achtzig Kilometer rund um das tschechische Žd'ár nad Sázavou, die bis zum 28. Dezember und dann noch für mindestens eine Woche, völlig menschenleer sein mussten. Deutschland wollte dem EU-Partnerland mit logistischer und praktischer Hilfe durch das Technische Hilfswerk (THW) zur Seite stehen und die Europäische Raumfahrtagentur (ESA) versprach fachliche Unterstützung.

Was aber steckte dahinter? Es war den Schratzeln mit fortschrittlicher Technologie gelungen, ihr Mutterschiff für die irdischen Messinstrumente und Teleskope als Gesteinskörper zu tarnen, so dass in Fachkreisen über einen Asteroiden oder Meteoriten spekuliert wurde, einen astronomischen Kleinkörper, wie der Fachbegriff lautet, dessen Impact, damit ist die Kraft des Einschlags gemeint, groß genug war, um Angst und Schrecken zu verbreiten.

Paranormale Aktivitäten

Die Massenteleportation sämtlicher Oberviechtacher Schratzeln, sowohl derer, die in dem Erdstall
unter dem Keller des Schratzelbräu lebten, als auch
der Bewohner des Schratzelloches, über dem das
Santinihaus errichtet war, gelang dank Gloewrs
Erfahrung und mit Thraks tatkräftiger Hilfe problemlos. Letzterer betreute die Unternehmung von
seiner Heimat aus, wo ein geräumiger Erdstall in
der Nähe der Kleinstadt Sozopol an der südlichen
bulgarischen Schwarzmeerküste darauf wartete, die
kleinen Oberpfälzer für die Dauer ihres Exils aufzunehmen. Dort hatten bereits Schratzeln gewohnt,
als Sozopol noch Apollonia hieß und eine grie-
chische Kolonie war.

Jetzt konnte der Schlupf-Toni lange suchen, er
würde keine Spur der freundlichen außerirdischen
Erdbewohner entdecken können, mochte er noch
so lange durch Schächte, Gänge und Schlupfe krie-
chen und klettern. Die Schratzellöcher waren
sauber geputzt und völlig leer, so wie die Forscher
es seit jeher immer wieder erleben mussten. Der
Assistent von Prof. Dr. Laurin Ganghuber sah sich
dennoch einer großen Entdeckung auf der Spur. In
der Nähe von Haus Murach, wo er die Felsen inspi-

zierte und seine Nase, den Kopf und noch viel mehr in sämtliche Ritzen und Spalten zwängte, blickte er bei Einbruch der Dunkelheit ganz plötzlich und unerwartet in ein Paar glühend rote Augen, die ihn aus einer kleinen Höhle heraus anstarrten. Als Anton Valentin den Rückzug antrat und Fersengeld geben wollte, ertönte hinter ihm ein markerschütternder Schrei, der einen weniger harten Burschen als ihn bestimmt in den Wahnsinn getrieben hätte.

Bei dem Magister Artium jedoch überwog das wissenschaftliche Interesse, weshalb er umgehend Kontakt mit dem Institut für Grenzgebiete der Psychologie und Psychohygiene (IGPP) in Freiburg aufnahm. Auch an die Parapsychologische Beratungsstelle der Wissenschaftlichen Gesellschaft zur Förderung der Parapsychologie (WGFP) erging eine Anfrage und natürlich wurde Professor Ganghuber persönlich nach Oberviechtach gebeten. Dem vereinten Sachverstand gelang eine epochale Entdeckung. Es gab in der Oberpfalz eine unterirdisch lebende humanoide Spezies, die außerirdischen Ursprungs zu sein schien, worauf laut Ganghuber bereits der damals entdeckte Metallknopf einen deutlichen Hinweis geliefert hatte. Man konzentrierte sich auf die Untersuchung der

Granitfelsen und ihrer Zwischenräume, denn die Erdställe hatten sich ja zum wiederholten Male als fundleer erwiesen. Der Schlupf-Toni wurde als Entdecker der Albrunen gefeiert und sah sich am Anfang einer glanzvollen wissenschaftlichen Karriere. Laurin Ganghuber würde schon lange vergessen sein, aber der Name eines Anton Valentin würde in Stein gemeißelt die Zeiten überdauern.

Mit Hilfe der Übersetzungsschnecke übermittelte ich die frohe Kunde nach Bulgarien, wo man bereits durch die Medien über die Entdeckung informiert worden war. Bald konnten die Schratzeln den Schwarzmeerurlaub abbrechen und unbesorgt ihre beiden Schratzellöcher in Oberviechtach beziehen, während ihre Feinde, die Albrunen, keine ruhige Minute mehr hatten.

Die Verlobungsfeier

Regula Würschinger und Dr. Balthasar Altmann hatten beschlossen, in Oberviechtach ihre Verlobung feiern. Für mich kam das etwas plötzlich und überraschend, ein wenig hatte ich mich inzwischen selbst in Regula verliebt. Ihr Glück gönnte ich beiden jedoch von Herzen. Nach der offiziellen Feier im Schratzelbräu war am folgenden Tag noch ein kleines Fest mit den Schratzeln im Santinihaus geplant.

Das Ereignis wurde in der Presse kommentiert. „Tanz auf dem Vulkan", zu einer solchen Formulierung ließ sich der Lokalredakteur angesichts des im Nachbarland bevorstehenden Meteoriteneinschlags hinreißen, von dem man Auswirkungen bis in die Oberpfalz hinein befürchtete. Regula, Balthasar, die Schratzeln und ich wussten es besser und feierten ausgelassen bei wilder Schratzelpolka. Für Topheles gab es auch wieder dessen Lieblingslied „Black Dog", bei dem er zur allgemeinen Belustigung unbedingt mitsingen wollte.

Allgemein war man der Ansicht, dass sich hier ein perfektes Paar gefunden hatte. Die Schratzeln feierten die beiden Jungverlobten mit großer Begeisterung. Da ihr eigenes Leben so lange währte, waren solche Ereignisse in ihrer Gemeinschaft eine große Ausnahme. Natürlich bot die bevorstehende Ankunft des Mutterschiffes in den Tanzpausen reichlich Gesprächsstoff. Regula und Balthasar waren in die Pläne eingeweiht und gaben zu bedenken, dass man die Furcht der Menschen vor einer Katastrophe nicht auf die leichte Schulter nehmen dürfe. Für die Schratzeln und auch meiner Meinung nach hatte die Energieversorgung des letzten verbliebenen Raumschiffs der Schratzeln jedoch Vorrang, denn mit dem Ende ihrer inter-galaktischen Mobilität hätten sie ihre gesamte Exis-tenz aufs Spiel gesetzt.

Zwei Tage nach dem Fest machte ich mich auf den Weg. Ein Team aus vier ausgewählten Schratzeln, und natürlich auch Gloewr, versteckte sich unter dem doppelten Boden des Kofferraums meines Kombis, auch wenn in Tschechien eigentlich keine Kontrollen zu befürchten waren. Noch konnte man ungehindert in die rote Zone reisen, denn die Evakuierung sollte erst in vierzehn Tagen begin-nen. In Žd'ár nad Sázavou bezogen die fünf wage-mutigen Landehelfer in einem verlassenen Erdstall Quartier und begannen sofort mit der Instandset-zung. Insbesondere die Voraussetzungen für eine

erfolgreiche Teleportation zurück nach Oberviechtach mussten geschaffen werden. Bereits am zwei-
ten Tag des neuen Jahres wollten sie wieder in ihrer
Heimat sein.

Countdown

Ganz Mitteleuropa befand sich seit Wochen im Ausnahmezustand. Survival-Spezialisten und Prepper hatten Kurse in Überlebenstechniken angeboten, einige Waren waren schon lange ausverkauft, in vielen Gärten wurden unterirdische Schutzräume gegraben und Lebensmittel gebunkert. Alle fürchteten sich vor dem Einschlag des Himmelskörpers, der sich nach Meinung der Experten im Anflug auf die Erde befand. Das vorausberechnete Einschlagsgebiet war längst geräumt und gesichert, die Bevölkerung vollständig evakuiert und es befanden sich nur noch etliche vollautomatische Messgeräte, Kameras und ferngesteuerte Roboter in der 80-Kilometer-Zone rund um Žďár nad Sázavou. Das aus den fünf Oberviechtacher Schratzeln bestehende Team wartete auf seinen Einsatz vor Ort.

Am 31. Dezember war es dann so weit. Majestätisch schwebte das riesige Mutterschiff der kleinen Aliens über der tschechischen Ortschaft und senkte sich behutsam auf dem fünfzackigen Kirchenbau ab, den der geniale Baumeister Johann Blasius Santini-Aichel einst genau für diesen Zweck auf dem altbekannten Kraftort errichtet hatte. Die hoch aufragende Spitze des Bauwerks drang tief in das Zentrum des Raumfahrzeugs ein und nach dem Abschluss des heiklen Andockmanövers konnte die Übertragung beginnen. Es dauerte von fünf Uhr morgens bis Mitternacht, das Mutterschiff mit Unmengen von Energie aus den sich unter der Wallfahrtskirche des heiligen Nepomuk kreuzenden Kraftlinien aufzuladen.

Exakt zum irdischen Jahreswechsel hob das Raumfahrzeug wieder ab, um dann für viele Jahre durch das All zu patrouillieren. Die Mission war ein voller Erfolg und die Oberviechtacher Kolonie hatte sich um die Zukunft aller Schratzeln verdient gemacht. Entsprechend stolz und zufrieden ruhte man sich kurz aus, um dann schnellstmöglich eine Teleportation zurück zum Santinihaus durchzuführen. Dort war die Freude groß, als alle wohlbehalten im angestammten Schratzelloch eintrafen.

Ansonsten herrschte in dieser denkwürdigen Nacht vor allem Ratlosigkeit, besonders in den Kreisen der Wissenschaftler und Experten. Die sorgfältig installierten Messgeräte hatten nichts gemessen, die automatischen Kameras keine Aufnahmen gemacht und die Fernsteuerung sämtlicher Roboter, die man in die rote Zone rund um Žd'ár nad Sázavou gebracht hatte, versagte kläglich. Niemand konnte sagen, was passiert war. Auf jeden Fall war eine befürchtete Katastrophe ausgeblieben, es gab keine Anzeichen eines Einschlags oder einer Explosion, die Luft war klar und sauber, denn auch Silvesterfeuerwerk hatte es keines gegeben. Danach war niemandem zumute gewesen, außerdem hatte man auf der ganzen Welt Verbote ausgesprochen und sämtliche Feierlichkeiten zu diesem Jahreswechsel abgesagt.

Alles ist gut

Das Mutterschiff war nun glücklich aufgetankt und die Albrunen verdient zur Beute der Parawissenschaftler geworden. Ihre alten Feinde hatten die Schratzeln nicht mehr zu fürchten und bei ihren Freunden stand bald eine Hochzeit ins Haus, Balthasar und Regula wollten einander das Jawort geben.

Als ich mich damals entschloss, das von meinem Onkel geerbte Santinihaus zu beziehen, hätte ich nicht im Traum daran gedacht, dort so spannende Abenteuer erleben zu dürfen. Meine Freunde, die Schratzeln, haben nicht nur mein Leben entscheidend bereichert. Mir ist klar geworden, wie viel die Menschheit diesen im Verborgenen wirkenden freundlichen Gästen verdankt.

Eine klare Lektion in Demut durften wir gerade wieder von ihnen erhalten, als selbst Satellitenaufnahmen keinen Aufschluss über die obskuren Ereignisse rund um Žďár nad Sázavou geben konnten. Die fortschrittliche Schratzeltechnologie war sogar dazu in der Lage, das wieder in die Weiten des Alls enteilende Raumschiff für uns völlig unsichtbar zu machen. Nach seinem Abflug war keinerlei Fallout, Strahlung oder sonst eine Spur irgendwelcher Art zurückgeblieben, also hatte die Aktion auch keinen Schaden angerichtet.

Das erste Buch über die Schratzeln endet hiermit, doch weitere Abenteuer warten darauf, erzählt zu werden, und viele Geheimnisse lassen sich noch aufdecken. Bei den Leserinnen und Lesern möchte ich mich bedanken und soll schöne Grüße von Gloewr ausrichten, im Namen sämtlicher Oberviechtacher Schratzeln. Bis zum nächsten Mal!

Wer ist wer?

- **Frank Albvetter** - Ich-Erzähler, Privatier und Erbe des Santinihauses, der Neffe von Karl Albvetter.

- **Karl Albvetter** (1928-2014) - Lokalredakteur in Oberviechtach und langjähriger Bewohner des Santinihauses, der verstorbene Onkel von Frank Albvetter.

- **Johann Blasius Santini-Aichel** (1677-1723) - Baumeister aus Prag, Vertreter des Gotik-Barock.

- **Doktor Johann Andreas Eisenbart** (1663-1727) - Größter Sohn Oberviechtachs und berühmtester Arzt seiner Zeit.

- **Prof. Dr. Laurin Ganghuber** - Erdstallforscher aus München.

- **Anton Valentin, MA** - Spitzname „Schlupf-Toni", Assistent von Prof. Ganghuber.

- **Dr. Balthasar Altmann** - Experte für die Architektur des Barock, arbeitet an einer Habilitationsschrift über Santini-Aichel.

- **Gloewr** - Schratzel, dessen Name „Bergmann" bedeutet, ein leidenschaftlicher Goldschürfer und für Frank Albvetter ein guter Freund.

- **Mallacht** - Erzbösewicht, Oberhaupt der Albrunen.

- **Mandra** - Albrune, Erstfrau des Mallacht, hinterhältig und verschlagen.

- **Gora** - Zweitfrau des Mallacht, steht Mandra in nichts nach.

- **Regula Würschinger** - Tochter des Küchenchefs vom Schratzelbräu, studiert in Regensburg unter anderem Klassische Archäologie.

- **Anna Slezák** - Erfinderin der Polka (Týnec nad Labem, 1830), die eigentlich ein traditioneller Tanz der Schratzeln ist.

- **Dr. Durin Schratzenstaller** - Fachmann für unterirdische Bauten der Antike am Institut für Klassische Archäologie der Universität Regensburg.

- **Thrak**- Schratzel aus Bulgarien, dessen Name an die Thraker erinnert, die dort einst lebten.

Die Charaktere der Schratzel-Chroniken:

- **Amazaria** - Herrscherin der Schratzeln auf dem Planeten Schratt vor mehr als 11.000 Jahren.

- **Chakrala** - Priesterin, Beraterin von Alazaria, undurchsichtig und geheimnisvoll.

- **Beriona** - Pilotin unter Alazaria, zuständig für Weltraumnavigation und Logistik.

- **Melgas** - Waffenschmied, der im Untergrund die Kriegstechnik der Schratzeln bewahrt hat.